# RONALDO

MATT ET TOM OLDFIELD

LA SUPERSTAR, C'EST TOI

# RONALDO

*Traduction de l'anglais (Royaume-Uni)*
*par Edwin Sharp*

Albin Michel Jeunesse

Titre original :
BE YOUR OWN FOOTBALL HERO : RONALDO
Première publication en langue anglaise au Royaume-Uni en 2020
par Dino Books, une marque de Bonnier Books UK, The Plaza,
535 King's Road, London SW10 0SZ. Owned by Bonnier Books,
Sveavägen 56, Stockholm, Sweden.
@dinobooks
@footieheroesbks
heroesfootball.com
www.bonnierbooks.co.uk

22, rue Huyghens, 75014 Paris
www.albin-michel.fr

*À tous les lecteurs, petits et grands.*

# AVANT-PROPOS

Cher lecteur,

Bienvenue dans ce nouveau volume des « Superstars du foot » ! L'aventure que nous te proposons aujourd'hui est un peu particulière… Pour la première fois, tu vas pouvoir incarner l'un des plus grands joueurs de tous les temps !

Tu es Cristiano Ronaldo et, tout au long de ton incroyable parcours, ce sera à toi de prendre certaines décisions. Est-ce que tu t'entraîneras vraiment dur ou est-ce que tu préféreras passer du bon temps avec tes amis ? Quitteras-tu le Portugal pour réaliser ton rêve ou resteras-tu auprès des tiens ?

Tes choix détermineront ta carrière. Parviendras-tu

comme ton idole à remporter la Ligue des champions ou empruntеras-tu l'un des autres chemins que nous avons imaginés pour toi ? Il n'y a qu'une seule façon de le savoir !

Alors, es-tu prêt à DEVENIR UNE SUPERSTAR ? Chausse tes crampons, car l'heure du coup d'envoi approche…

Depuis que tu es en âge de marcher, tu vis avec un ballon de football collé à tes pieds. Enfin, tu n'en as pas toujours un avec toi ; ce n'est pas vraiment le genre d'objet qui court les rues dans les quartiers pauvres de Funchal, à Madère, où tu vis. En réalité, tout ce dont tu as besoin, c'est d'une forme plus ou moins arrondie dans laquelle tu puisses taper, même si l'idéal, c'est quand même de pouvoir s'amuser avec une vraie balle.

Lorsque tu parviens à en trouver une, tu t'entraînes pendant des heures – pied droit, puis gauche, passes, tirs, encore et encore jusqu'à ce que tu réussisses à imiter les grands à la perfection.

– Cristiano ! CRISTIANO !

Tu sais que tu risques des problèmes quand ta sœur, Katia,

s'aperçoit que tu es sorti jouer avant même d'avoir fini tes devoirs… et encore plus quand elle le dit à ta mère ! Mais pour l'instant, tu n'y penses pas. Tout ce qui compte, c'est toi, et ce ballon qui t'accompagne quotidiennement. Tu passes des heures dans la rue avec tes amis, de la fin de l'école jusqu'au dîner. Vous utilisez de grosses pierres pour symboliser les poteaux de but tandis que tout autour de vous, le monde continue de tourner.

– Attention, voiture ! crie l'un de tes coéquipiers.

La partie s'arrête un instant, mais rien ne peut te distraire de ton jeu favori. Surtout, rien ne peut s'interposer entre toi et cette victoire qui te tend les bras. Tu n'as que 6 ans, mais tu es déjà le gamin le plus compétitif de Funchal. La défaite n'est pas une option. Pour certains, le foot de rue n'est qu'un simple divertissement, mais ce n'est pas ton cas. C'est du sérieux, et tu dois gagner quoi qu'il en coûte. Qu'importent les fautes, les disputes, les blessures et parfois même les larmes. De toute façon, la plupart du temps, ton talent suffit à vaincre tes adversaires.

Lorsque tu pars en dribble, tes jambes bougent à toute vitesse, et pourtant le ballon reste collé à tes chaussures. Droite ou gauche ? Le défenseur ne sait plus où donner de la tête, tu joues aussi bien des deux pieds. En un crochet, tu le prends de vitesse. Tu évites un premier tacle, puis tu utilises toute ta technique pour éliminer deux nouveaux vis-à-vis. La suite, tu la connais par cœur :

*Buuuuuuuuuuuuuuuuuuuuuuuuuuuuut !!!!*

Tu célèbres ton but comme la superstar que tu espères devenir un jour. Il faut dire que tout te destine à ça depuis ta naissance. Ta mère t'a donné en second prénom « Ronaldo » en hommage à Ronald Reagan, un acteur populaire élu président des États-Unis d'Amérique. Et puis il y a cette histoire que ton père ne se lasse pas de raconter :

– Lorsque tu es né, tu étais bien dodu, et quand le médecin t'a pris dans ses bras, il s'est tourné vers nous et il nous a confié en souriant : « C'est un beau bébé que vous avez là. Avec un gabarit comme le sien, il a tout pour devenir footballeur ! »

Tes parents placent de grands espoirs en toi et t'encouragent à suivre ton rêve. Ils sont tous les deux fous de foot, même si personne n'aime autant ce sport que toi.

Tu sais qu'il ne sera pas facile d'atteindre le sommet. Mais tu es aussi persuadé qu'avec tes qualités et du travail, rien n'est impossible. En devenant joueur professionnel, tu pourrais vivre de ta passion et sortir ta famille de la pauvreté. Vous avez beau avoir un toit au-dessus de la tête, tes parents ont parfois du mal à joindre les deux bouts. Ton frère et ta sœur aînés, Hugo et Elma, ont commencé très tôt à travailler pour rapporter des sous à la maison. Tu pourrais suivre leur exemple et donner un coup de pouce à tes proches grâce au sport.

Mais ne brûlons pas les étapes ! Pour l'instant, tout ce que tu sais faire, c'est épater la galerie avec tes passements de jambes. Tu ne joues même pas encore pour une véritable équipe ! Ça viendra…

Pour ton huitième anniversaire, ton parrain, Fernando, t'offre le cadeau dont tu as toujours rêvé : un vrai ballon de football, rien qu'à toi.

– Waouh, merci ! t'exclames-tu avec un large sourire qui s'étend d'une oreille à l'autre.

Le moment est venu de montrer de quoi tu es capable. Un jour, Nuno, ton cousin, te rend visite. En te voyant dribbler tout le monde dans la rue, il a une brillante idée.

– Tu perds ton temps avec ces p'tits gars. Je fais partie de l'encadrement d'Andorinha, tu devrais t'entraîner avec nous !

– Ce serait génial ! réponds-tu.

Tu as toujours rêvé de jouer dans un vrai club, mais tu dois d'abord en toucher un mot à ton père. Heureusement, il est d'accord.

– Le moment est venu pour toi de te mesurer à de véritables adversaires, ajoute-t-il.

Bon, qu'est-ce que tu attends ?

Les jours qui te séparent de ton premier entraînement ressemblent à des semaines. Nuno t'en a souvent parlé, mais tu ne parviens pas à cacher ta surprise en arrivant à Andorinha. C'est tellement différent de ce à quoi tu es habitué ! La pelouse est bien tondue, il n'y a pas un détritus en vue et les seules voitures alentour sont garées sur le parking, loin du terrain. Et puis tous les joueurs portent le même maillot bleu clair. Tu en auras un aussi, si tu fais bonne impression !

– Bienvenue au club, te lance l'entraîneur d'une voix enjouée, après avoir sorti et installé tous les plots pour les ateliers de passes et de dribbles.

Waouh, tout semble si… professionnel ! Mais tu n'es pas nerveux pour autant, tu es ici pour pratiquer ton sport préféré. Tu n'as peut-être pas encore une vision tactique d'ensemble, mais ça s'apprend. Ce qui compte le plus, c'est le talent, et tu en as à revendre.

Tu te débrouilles particulièrement bien pendant les exercices, surtout la partie dribble. Tes jambes bougent à toute vitesse lorsque tu zigzagues à travers les cônes et pourtant le ballon reste toujours collé à tes pieds. Ça a l'air tellement simple quand on te regarde faire !

– Super, Cristiano ! applaudit l'entraîneur.

Tu l'impressionnes, mais tu n'es pas le premier gamin bourré de talent qu'il voit passer. Ce qui l'intéresse, c'est ce dont tu es capable en conditions réelles. Et à vrai dire, toi aussi.

Les premières minutes confirment ton ressenti. Les joueurs d'Andorinha forment une équipe douée, mais ça ne t'inquiète pas plus que ça. Il faudrait simplement qu'on te fasse la passe et ensuite, il te suffirait de quelques dribbles pour…

– Aïïïeee ! cries-tu en volant dans les airs avant de t'écraser le nez dans l'herbe.

Ça, c'était un tacle irrégulier… mais tu n'as pas le temps de te plaindre car le jeu continue sans toi. Personne ne semble penser qu'il puisse y avoir faute. C'est juste que les autres sont plus grands, plus forts et plus âgés que toi. Nuno vient à ta rencontre pour vérifier que tu vas bien. Tu es vexé d'avoir été bousculé de la sorte, mais tu réussis à faire un signe de tête en te relevant et tu reprends la partie. Ce n'est pas un petit bobo qui va t'empêcher de marquer ! Tu tentes de récupérer le ballon au milieu du terrain, mais ça ne sert à rien car les joueurs d'Andorinha sont finalement bien plus doués que tu ne le pensais. Une passe, puis une autre, ils te dépassent comme si de rien n'était.

*Buuuuuuuuuuuuuuuuuuuuuuuuuuuuuuut !!!*

C'est pas vrai… Ton équipe est menée au score, et tout est ta faute. Peut-être que tu n'es pas le meilleur footballeur du monde, après tout. Pas encore, en tout cas. Pourtant, il suffirait que tu te crées une occasion, et en deux temps trois mouvements, tu…

*BIM !*

*BAM !!*

*BOUM !!!*

Tes vis-à-vis t'envoient de nouveau valser. Waouh ! Ce n'est qu'un match d'entraînement, mais tes adversaires ne lâchent rien. Ils sont si rapides et agressifs !… Au coup de sifflet final, tu as accumulé plus d'éraflures et de bleus que de passes et de buts.

– Ce n’est pas grave, petit, te glisse le coach tandis que tu quittes le terrain en boitillant.

Ce n’est pas exactement ce que tu avais imaginé pour ta première séance en club. Il apparaît que tu as encore beaucoup à apprendre. De retour à la maison, tu es épuisé et tu as mal partout. Alors que tu t’apprêtes à monter dans ta chambre, ton père t’arrête et te demande :

– Alors, ça t’a plu ?

**LE MOMENT EST VENU DE PRENDRE UNE DÉCISION.**

**Que vas-tu lui répondre ?**

A) « Non, c’était horrible. J’ai détesté et je ne veux plus jamais y retourner ! »

**Ou :**

B) « Oui, c’était dur, mais j’ai hâte d’y retourner pour m’améliorer ! »

**Si tu choisis la réponse A, va à la page 17.**

**Si tu préfères la B, rends-toi à la page 47.**

La tristesse se lit sur ton visage. Ton père s'en aperçoit et t'adresse un sourire réconfortant. Il sait à quel point le football compte pour toi.

– Je comprends, mon grand. Ne te tracasse pas. Pourquoi n'essaies-tu pas plutôt de jouer avec des enfants de ton âge ?

Au début, tu hoches la tête sans enthousiasme. Mais plus tu y réfléchis, plus cette idée te semble la bonne. Mais bien sûr, ce serait tellement mieux ! Contre des garçons de la même taille que toi, tu pourras montrer toute l'étendue de ton talent sans risquer de te faire bousculer. Tu deviendras la superstar du club en un rien de temps ! Au bout de quelques semaines, ton père finit par trouver une équipe de moins de 9 ans. C'est génial ! Tu as hâte de les rejoindre.

En arrivant à l'entraînement, tu remarques que la pelouse n'est pas aussi bien entretenue que celle d'Andorinha, mais on ne peut pas tout avoir, n'est-ce pas ? Le principal, c'est que tu puisses de nouveau t'adonner à ton sport préféré. *C'est parti !* murmures-tu pour toi-même.

Tu es très excité par cette nouvelle opportunité. Ton père te glisse un rapide « Bonne chance » à l'oreille avant de te laisser rejoindre tes coéquipiers. Ils semblent très gentils mais ce qui compte pour toi, c'est surtout qu'ils jouent bien. Et il n'y a qu'une seule façon de le savoir.

Tu survoles les différents exercices, comme à Andorinha. Les autres t'observent du coin de l'œil, ils ont vraiment l'air impressionnés… Tu es fier de constater que tu es beaucoup plus vif, intelligent et habile qu'eux. Tu es le meilleur, et de loin !

– C'est bien, Cristiano, continue comme ça ! t'encourage l'entraîneur.

Mais tout est trop facile. Pour toi, le foot, c'est une lutte acharnée pour la victoire. Ici, il n'y a pas d'enjeu ni de défi. La partie est gagnée d'avance…

La séance se termine par un match à sept. Le moment est venu pour toi de briller. Mais comment faire quand tes coéquipiers ne réussissent même pas à faire une simple passe ?

– À moi ! Là dans l'espace !

Tu n'arrêtes pas d'appeler le ballon, mais il ne parvient jamais jusqu'à toi. Pire, vous êtes rapidement menés 3-0 et c'est l'attaquant adverse qui reçoit tous les compliments…

– Superbe frappe, Sergio !

Cette fois, tu en as assez. Tu aimes trop la compétition pour laisser filer la partie comme ça. Tu sens la frustration monter en toi, tu ne cesses de te demander ce que tu peux faire de plus… Alors tu finis par décider de la jouer perso : si tes coéquipiers sont incapables de te faire une passe correcte, tu iras seul au but ! Lorsque ton partenaire réussit une interception sur l'action suivante, tu lui voles le ballon dans les pieds, et tu pars en dribble en direction de la cage adverse. Tu élimines un premier défenseur, puis un autre, et encore un et…

*Buuuuuuuuuuuuuuuuuuuuuuuuuuuuuut !!!*

Un vrai petit bijou ! Mais tu ne t'arrêtes pas en si bon chemin et tu enchaînes avec une deuxième, puis une troisième réalisation en solo. Grâce à tes exploits, ton équipe a rattrapé son retard. Tu t'attends à ce que ton entraîneur te félicite mais, au lieu de cela, tu l'entends crier depuis la touche :

– Tu comptes faire des passes un jour, Cristiano ? Ne monopolise pas ce ballon ! Je te rappelle que le football est un sport collectif !

Oui, bien sûr, tu es au courant… Mais pourquoi jouer avec les autres s'ils ne sont pas au niveau ? À la fin de la séance, tu quittes le terrain, déçu. Tu n'es pas sûr d'avoir envie d'y retourner la semaine suivante…

**LE MOMENT EST VENU DE PRENDRE UNE DÉCISION.**

**Est-ce que…**

A) … tu laisses tomber l'entraînement pour te consacrer uniquement à toi ? Tu es plutôt du genre individualiste.

**Ou :**

B) … tu écoutes les conseils de l'entraîneur et tu acceptes de faire des efforts pour jouer un peu plus avec les autres ?

**Si tu optes pour la réponse A, va à la page 21.**

**Si tu préfères la réponse B, rends-toi à la page 40.**

Maintenant que tu ne joues plus en club, te voilà redevenu la star de ton quartier. Fini l'esprit d'équipe, ce qui compte désormais, c'est toi et toi seul. Tu redoubles donc d'efforts pour améliorer ta technique. C'est ce que tu préfères, de toute façon !

Tu passes des heures à regarder les garçons plus âgés enchaîner les dribbles. Tu les mémorises pour ne pas les oublier, puis tu rentres chez toi et tu t'entraînes jusqu'à les maîtriser à la perfection. Tu prends confiance et très vite tu ressens l'envie de te donner en spectacle.

– Waouh... Tu as vu ça ? murmure l'un des types du coin à son voisin en te voyant dribbler tes adversaires comme s'ils n'étaient que de simples plots.

– Ce gamin est incroyable, quelle bête de scène !

Les gens viennent de plus en plus nombreux pour assister à tes matchs. Ce qui les intéresse, ce ne sont pas les buts que tu marques, ou si ton équipe gagne ; non, ils veulent suivre ton show.

*Olé !*

*Olé !*

– Tu devrais te filmer et diffuser tes vidéos sur Internet, suggère un jour l'un de tes plus grands fans. Je paierais pour regarder ça !

Vraiment ? Ce n'est pas une mauvaise idée, tu devrais y réfléchir... après tout, pourquoi pas ? Cela vaut certainement la peine d'essayer ! Tu commences avec une session par semaine, mais les curieux sont de plus en plus nombreux à passer te voir. Certains soirs, il arrive même que la rue se remplisse de badauds venus assister à tes exploits. C'est le travail idéal : tu t'amuses tout en gagnant suffisamment d'argent pour soutenir ta famille. *Je voudrais pouvoir faire ça toute ma vie*, penses-tu en entendant la foule chanter ton nom.

*Cristiano ! Cristiano ! Cristiano !*

Tu as tout juste 8 ans, tu vis un rêve éveillé et tu aimerais qu'il ne s'arrête jamais.

**LE MOMENT EST VENU DE PRENDRE UNE DÉCISION.**

**Est-ce que… :**

A) … tu finis par en avoir assez de faire les mêmes tours et tu décides d'essayer autre chose ?

**Ou :**

B) … tu t'accroches à cette notoriété grandissante, en continuant de t'améliorer ?

**Si tu choisis la réponse A, va à la page 26.**

**Pour la réponse B, c'est à la page 24.**

Football et divertissement – c'est le combo gagnant ! Félicitations, tu as trouvé ton job de rêve, et ces spectacles que tu donnes dans les rues de Madère ne sont qu'un début. La rumeur de tes exploits se répand et bientôt, on t'introduit dans l'univers des compétitions de freestyle. Tu es accro et, avec un peu d'entraînement, tu finis par devenir champion régional. Tu tentes ensuite ta chance à Lisbonne, la capitale du Portugal. Il y a beaucoup de freestylers talentueux là-bas, mais avec du travail et de la persévérance, tu réussis à te faire un nom dans le milieu et au-delà même des frontières de ton pays. Tu participes à des compétitions à travers toute l'Europe, et jusqu'en Amérique !

Tes vidéos sont vues par des millions de personnes, ce qui fait de toi une star des réseaux sociaux. Tout le monde veut connaître tes secrets. Alors, bien sûr, tu n'es pas devenu le Cristiano Ronaldo que tu admires pour son palmarès et ses buts, mais tu as la chance de pouvoir voyager aux quatre coins de la planète et de faire partie des meilleurs freestylers.

**FIN**

Bon, qu'y a-t-il d'intéressant à faire à Funchal ? Tu t'ennuies un peu maintenant que tu ne passes plus tes journées entières à t'entraîner. Comment vas-tu occuper tout ce temps libre après l'école, et surtout le week-end ?

– Pourquoi n'essaierais-tu pas un autre sport ? te suggère ton cousin Nuno en voyant ta mine renfrognée. Tu aimes le tennis ? Je suis sûr que cela te conviendrait, toi qui es plutôt du genre personnel !

Dans un premier temps, tu hésites. Après tout, tu es super habile avec tes pieds, mais avec tes mains ? À vrai dire, tu n'en sais rien, tu n'as jamais testé. Imagine que tu sois nul et que tu te ridiculises devant tout le monde… Tu détestes perdre, souviens-toi !

Et puis comment vas-tu faire ? Le tennis, ce n'est pas aussi simple que le football ; il faut un équipement spécial et un espace pour pouvoir le pratiquer. Tes parents n'ont pas les moyens de t'acheter tout le matériel et la plupart des terrains de Madère se trouvent à proximité des grands hôtels, dans la zone touristique. Il y a peu de chances qu'ils acceptent de laisser jouer deux gamins de Funchal.

– Ne t'inquiète pas, Cristiano, j'ai la solution !

Nuno a deux vieilles raquettes dans son garage et il connaît un endroit où vous pourriez taper quelques balles. Dans ces conditions, difficile de refuser. De toute façon, que risques-tu à essayer ?

– OK, on va commencer doucement, dit Nuno comme s'il était ton entraîneur.

Au début, tu as du mal à trouver tes repères. Et ces échanges, c'est toujours les mêmes – coup droit, revers –, tu t'ennuies… En plus, chaque fois que tu tentes d'augmenter l'intensité du jeu et la puissance de tes frappes, tes balles sont ou trop longues, ou trop courtes.

– *OUT !* répète Nuno encore et encore.

– Argh, je déteste ce jeu ! cries-tu, frustré, avant de jeter ta raquette sur le sol.

Mais puisque tu es là, autant en profiter pour améliorer la précision de tes coups. Après tout, tu es le garçon le plus compétitif de Funchal. Après une heure d'échanges endiablés, tu t'effondres sur la terre battue, couvert de sueur.

– Bien joué ! halète Nuno entre deux respirations.

Il t'a dominé, mais tu lui as donné du fil à retordre ! Tu es naturellement doué pour le sport.

– Pas mal pour un débutant ! te lance-t-il maintenant qu'il a repris son souffle. Demain, à la même heure ?

**LE MOMENT EST VENU DE PRENDRE UNE DÉCISION.**

**Est-ce que…** :

A) … tu décrètes que le tennis n'est pas fait pour toi ? Ce n'est pas sur un court que tu pourras montrer toute l'étendue de ton talent. Il faut se rendre à l'évidence, tu as perdu ta passion pour le sport. Il est temps de passer à autre chose.

**Ou** :

B) … le tennis devient ta nouvelle passion ? Nuno a raison, tu te débrouilles plutôt bien pour un débutant et tu veux persévérer pour devenir le meilleur joueur de Funchal.

**Si tu choisis la réponse A, va à la page 32.**
**Pour la réponse B, rends-toi à la page 30.**

On ne va pas se mentir, tu as du pain sur la planche si tu veux devenir le meilleur joueur de tennis de Funchal. Jour après jour, tu perfectionnes toute ta gamme de coups – service, volée, smash, revers – et tu finis par battre Nuno à chaque fois. C'est alors qu'un entraîneur du coin te repère. Il semble voir du potentiel en toi.

– Tu es doué, petit, commence-t-il. Avec mes conseils, tu pourrais peut-être même passer pro. Qu'en penses-tu ? Ça te dirait de venir au club pour faire un test ?

– Avec grand plaisir ! acquiesces-tu avec enthousiasme.

Félicitations, tu seras bientôt une superstar… du tennis ! Mais avant cela, tu dois déjà devenir champion de Madère. Tu finis par y arriver à l'âge de 19 ans, et ton entraîneur t'inscrit à tes premiers tournois nationaux à Porto, Lisbonne et Braga. Tu n'es pratiquement plus jamais chez toi, à Funchal.

Tu commences à bien gagner ta vie. Tu remportes de plus en plus de matchs et tu progresses au classement mondial : d'abord sur le circuit ITF, puis sur l'ATP Challenger Tour, jusqu'à atteindre le Graal : l'ATP. Tu rencontres des adversaires comme Rafael Nadal, Roger Federer et Andy Murray et, bien que tu ne parviennes jamais vraiment à égaler leur incroyable niveau, tu réalises une carrière honorable dans ton second sport.

**FIN**

Jusqu'à présent, tout ton quotidien tournait autour du sport, mais il n'y a pas que ça dans la vie ! Ton parrain, Fernando, a compris que tu n'aimais plus autant le football qu'avant, alors, pour ton neuvième anniversaire, il décide de t'offrir un cadeau qui sort de l'ordinaire... *Qu'est-ce que ça peut bien être ?* penses-tu en déchirant le papier d'emballage avec excitation.

C'est... une guitare.

– Euh, OK... merci... dis-tu poliment.

Tu la tiens dans tes mains sans trop savoir quoi en faire. Après avoir observé les cordes pendant un long moment, tu essaies d'en pincer une. *Twang !* Ouh là là ! Ça sonne horriblement faux !

– Ne t'inquiète pas, Cristiano, te rassure Fernando en voyant la panique sur ton visage. Ce n'est pas aussi dur que ça en a l'air ! Je vais t'aider…

Et, toutes les semaines, ton parrain vient te donner une leçon. Entre-temps, tu t'exerces à reproduire les chansons qu'il t'apprend. Du matin en te levant jusqu'au soir, on n'entend plus que le son de ta guitare dans la maison.

– Tu progresses, félicitations ! t'encourage ta mère.

– Oui, heureusement… Je crois que je n'aurais pas supporté ce bruit de grincement de porte rouillée longtemps ! plaisante ton père.

Mais tu sais qu'en réalité, il est fier de toi.

Une fois que tu maîtrises quelques chansons, c'est un peu comme à l'époque où tu faisais du foot, tu as envie de te montrer en public. Il n'y a rien qui te procure plus de plaisir que de divertir les gens. Tu commences par te produire dans des fêtes de famille, et comme le succès est au rendez-vous, tu te mets à jouer dans la rue, à l'endroit où tu tapais dans le ballon auparavant.

Ce n'est pas le même type de spectacle, mais le résultat est toujours le même :

– Bravo ! crient les gens en t'applaudissant.

*Une autre, une autre !*

Tu notes le titre des chansons que l'on te réclame le plus et le soir tu les apprends pour les ajouter à ton tour de chant. Bientôt, tu connais tellement de morceaux que tu pourrais jouer pour eux toute la nuit.

*Encore, encore !*

Tu salues ton public de plus en plus nombreux et tu rentres chez toi avec une sensation de profond bonheur… et un étui à guitare rempli de pièces ! Tu aimes te donner en spectacle, mais pourrais-tu vraiment en vivre ?

## LE MOMENT EST VENU DE PRENDRE UNE DÉCISION.

**Est-ce que…** :

A) … tu montes un groupe avec tes amis pour continuer à progresser, et peut-être ainsi trouver de nouveaux lieux où te donner en spectacle ?

**Ou** :

B) … tu continues à jouer, mais seulement pour le

plaisir ? La guitare restera un passe-temps, tu ne feras pas carrière dans la musique.

**Si tu choisis la réponse A, rends-toi à la page 36.**
**Si tu préfères la B, c'est à la page 38.**

Tu crées donc un groupe avec tes amis. Or, non seulement vous passez du bon temps en jouant de la musique, mais en plus vous progressez ! Vous vous demandez alors si le moment ne serait pas venu d'envisager une carrière professionnelle. Tu laisses donc de côté les reprises de vieilles chansons pour te lancer dans l'écriture. C'est tellement excitant de créer ! Tu as hâte de voir ce que le public pense de vos morceaux.

– Je crois qu'il est temps pour nous de monter sur scène, suggères-tu un jour.

Les autres acquiescent. Vous commencez dans un petit bar de quartier mais très vite vous vous produisez dans les plus grands clubs de Madère. Quelle sensation unique !

Tu es désormais une célébrité locale et tout le monde connaît le nom de ton groupe, ainsi que les paroles de tes meilleures chansons.

La prochaine étape ? Jouer dans les principales villes du Portugal : Porto et Lisbonne, puis en Espagne et en France, pourquoi pas ? Tu oses rêver en grand. Tu es fin prêt à devenir une rock star.

Tu déménages à Lisbonne avec tes amis et vous enchaînez les concerts, jusqu'à ce qu'une maison de disques vous repère. Votre premier album fait fureur dans toute l'Europe et vous partez même en tournée en Amérique du Sud.

Tu n'as peut-être pas réussi à être une superstar du foot, mais tu es le guitariste d'un groupe à succès et tu as la chance de pouvoir jouer tous les soirs devant des salles pleines !

**FIN**

Tu as beau avoir de nombreux talents, tu n'as peut-être pas besoin d'être le meilleur en tout… Ne serait-ce pas plus amusant d'avoir plusieurs passions différentes (football, freestyle, tennis, guitare) entre lesquelles tu pourrais jongler selon tes envies, plutôt qu'une obsession ? Avec le temps, tu te mets de moins en moins la pression, et tu commences à te sentir de plus en plus heureux.

– Tu as changé, te taquinent tes amis pendant que tu joues avec eux dans la rue. Qu'est-il arrivé au Cristiano super compétitif qu'on connaissait ?

Tu hausses les épaules et tu souris effrontément.

– Je ne suis peut-être plus aussi obsédé par la victoire

qu'avant mais je reste toujours le meilleur, ça, vous pouvez en être sûrs…

Félicitations, tu as l'air d'être heureux et d'avoir trouvé ta place loin des terrains de foot et de la célébrité. À vrai dire, ça ne t'intéresse plus… Tu es trop occupé à profiter de ta liberté. Chaque soirée est une aventure et tu multiplies les rencontres. La vie est belle !

Lorsqu'un de tes amis te parle d'un poste dans l'une des tables les plus chics de Madère, tu décides d'ajouter « chef » à la longue liste de tes talents. Tu t'investis pleinement dans cette nouvelle aventure et, à force de travail, tu finis par devenir le meilleur de Madère.

Un jour, un client fortuné te recommande à l'un de ses contacts. On te propose de gérer le restaurant sur un bateau de croisière ! C'est donc en parcourant le monde que tu cuisines désormais tes plats délicieux ; et tu profites de ton temps libre en t'exerçant à la guitare ou en jouant au tennis.

**FIN**

Au début, tu as du mal à faire confiance à tes nouveaux coéquipiers mais au fil des semaines, cela devient de plus en plus facile. Dès que tu vois un espace s'ouvrir, *ZOOM* ! tu fonces, et grâce à ta technique et à ta vitesse, tu dribbles défenseur après défenseur, jusqu'à ce que…

*Buuuuuuuuuuuuuuuuuuuuuut !!!*

Parfois, cependant, tu te retrouves coincé dans la surface adverse et tu ne peux tout simplement plus progresser. Avant, tu te serais entêté jusqu'à perdre le ballon, mais maintenant tu lèves la tête et tu cherches du regard un partenaire démarqué pour qu'il conclue à ta place.

*Buuuuuuuuuuuuuuuuuuuuuut !!!*

– Bien joué, Cristiano ! te crie ton entraîneur depuis le bord du terrain.

– Merci pour la passe ! te lance ton coéquipier en venant te taper dans la main.

Ça fait du bien de faire participer tout le monde et très vite, tu as plein de nouveaux amis. Tu es toujours le joueur vedette mais tu sais désormais libérer la balle quand il le faut et ensemble, vous remportez match après match.

– Si on continue sur ce rythme, je suis sûr qu'on peut gagner le championnat, déclares-tu avec assurance.

Sur le terrain, tout se déroule à merveille mais en classe, c'est une autre histoire. Il t'arrive de sécher pour pouvoir t'entraîner. Quand tu vas en cours, tu restes assis à regarder par la fenêtre en pensant à tes prochains buts, en attendant que la cloche sonne. Tu te demandes à quoi peut bien servir l'école quand on veut devenir footballeur professionnel…

Lorsque tes notes commencent à baisser, ton professeur te met en garde : le football, c'est super, mais ce qui compte le plus, c'est d'étudier et d'avoir un diplôme…

Ah oui, vraiment ? Tu n'es pas du tout d'accord ! Le

football, c'est ce qu'il y a de plus important au monde ! Alors tes parents essaient une autre technique.

– Écoute, papa et moi savons combien tu aimes jouer au ballon, te dit ta mère, et on ne veut pas t'en empêcher. Mais si tes notes continuent de chuter, tu ne nous laisseras pas d'autre choix que de te retirer de l'équipe.

*Noooooon...*

**LE MOMENT EST VENU DE PRENDRE UNE DÉCISION.**

**Est-ce que... :**

A) ... tu te résous à te concentrer sur les études ? Ton avenir se prépare maintenant !

**Ou :**

B) ... tu ignores la menace de tes parents – qui se soucie de l'école, de toute façon ? Tu vas devenir une superstar du foot !

**Si tu choisis la réponse A, rends-toi à la page 43.**

**Si tu optes pour la réponse B, va à la page 45.**

Tu commences à être un peu plus attentif en classe et très vite, tes notes remontent. Ouf ! Tu vas pouvoir continuer à jouer et à faire gagner ton équipe. Tu es sacré champion et tu as l'impression que ta carrière de footballeur pourrait décoller avec ce titre.

Mais tu as beau être l'homme du match, aucun des grands clubs de Madère n'envoie jamais de recruteurs pour te superviser. *Comment est-ce possible ?* penses-tu en serrant les poings. *Qu'est-ce qui leur déplaît chez moi ?*

Ton père fait de son mieux pour t'obtenir un nouvel essai à Andorinha, mais l'équipe est au complet.

– Je suis désolé, Cristiano, te dit-il un soir. J'ai fait tout ce que j'ai pu. On tentera de nouveau l'année prochaine, je te le promets.

Malheureusement, l'année suivante, tu reçois la même réponse. Tu es déçu, bien sûr, mais tu continues à jouer pour le club de ta ville tout en travaillant dur à l'école. Ton rêve de devenir professionnel s'éloigne, année après année, mais tu n'as pas de regrets. Tu réalises que le football n'est pas ta seule passion.

Tes bonnes notes dans les matières scientifiques t'ouvrent les portes de l'université. Tu as choisi de te spécialiser en physique : l'avenir t'appartient ! Et un jour, qui sait, tu pourrais même devenir astronaute…

**FIN**

Tes parents t'avaient prévenu ! Quand ils voient que tes notes continuent de dégringoler, ils te retirent de l'équipe.

– Noooon ! Vous ne pouvez pas me faire ça ! leur cries-tu avec colère.

À ce moment précis, tu as l'impression que ta vie est finie.

– Ne t'énerve pas, te rassure ta mère, c'est pour quelques semaines. Sitôt que tes résultats commenceront à remonter, tu pourras y retourner.

C'est tellement injuste ! Tu imagines tes partenaires se démener mais sans toi, ils risquent de perdre beaucoup de matchs et de laisser filer le titre de champion.

Une fois calmé, tu réalises que tu ne peux t'en prendre

qu'à toi-même. Tu sais ce qu'il te reste à faire si tu veux que les choses redeviennent comme avant : te concentrer sur tes études.

Après trois bonnes notes d'affilée, tes parents t'autorisent à retourner t'entraîner. Hourra ! Hélas, le titre de champion s'est envolé. Tu continues à jouer avec passion mais malheureusement, ta carrière de footballeur ressemble de plus en plus à un rêve.

**FIN**

Tu ne vas pas laisser le souvenir douloureux de cette première séance te décourager. Oui, tu as des bleus partout, mais la semaine suivante, tu te sens en pleine forme et prêt à retenter ta chance à Andorinha. Et cela se révèle être une excellente décision, car jouer contre des adversaires plus grands et plus forts fait vraiment ressortir ton esprit de compétition. *Aujourd'hui, je vais tout faire pour que mon équipe gagne*, penses-tu avant le début du match d'entraînement.

Tu as encore en mémoire les leçons de la dernière fois. Tu te bats pour récupérer le ballon, mais aussi pour le conserver. Si tu t'engouffres dans un espace, tu t'efforces de faire la différence, mais lorsque tu te retrouves face à trois vis-à-vis plus costauds que toi, tu lèves la tête et tu passes à un partenaire démarqué.

– C'est ça, Cristiano, c'est mieux ! te crie ton entraîneur depuis le bord du terrain.

Cette fois, tu lui as vraiment tapé dans l'œil ! Après quelques séances, il décide de te donner ta chance et de te sélectionner pour le prochain match d'Andorinha. Tu le remercies tandis qu'il te tend ton maillot bleu clair. Tu as hâte d'y être et de faire honneur aux couleurs de ton équipe !

Tu débutes la saison sur le banc mais très vite, tu deviens la vedette de l'attaque. Parfois, tes partenaires se contentent de te faire la passe, puis ils se mettent en retrait et t'observent, médusés, dribbler toute la défense adverse. Tu es un véritable magicien sur ton aile ! Tu es aussi rapide avec le ballon que sans. Mais tu n'es pas seulement adroit, tu es également un redoutable tireur !

*Buuuuuuuuuuuuuuuuuuuut !!!*

*Buuuuuuuuuuuuuuuuuuuut !!!*

– Bien joué, le pleurnichard ! te lance Ricardo dans le vestiaire après que tu as encore été l'homme du match.

Tu n'aimes pas beaucoup ce nouveau surnom, mais tu sais qu'il te charrie. Tu veux tellement gagner et devenir le meilleur footballeur du monde qu'il t'arrive de verser une larme de frustration. Tes partenaires en ont conscience, et c'est pour ça qu'ils te taquinent.

Ton objectif numéro 1 était d'être la superstar de ton équipe, et il ne te faut pas longtemps pour l'atteindre. Les bons jours, tu fais la différence à toi tout seul, en dribblant toute la défense adverse. Que feraient tes partenaires sans toi ?

On commence à parler ici et là du jeune ailier d'Andorinha, à tel point que des recruteurs se déplacent pour le voir jouer. Ton parrain, Fernando, qui travaille maintenant pour le Clube Desportivo Nacional – l'un des meilleurs clubs de Madère –, en fait partie. Mais ce n'est qu'au moment du coup d'envoi qu'il se rend compte que c'est toi, le jeune prodige en question ! Vous ne vous étiez pas croisés depuis plusieurs années. Or, tu n'as pas seulement grandi, tu es également devenu un super joueur ! *Depuis quand mon filleul est-il aussi doué pour le football ?* s'interroge-t-il en te voyant marquer un nouveau but.

Dès la fin de la partie, Fernando n'a qu'une idée en tête : te signer au Nacional avant que le club rival, le CS Marítimo, te repère. Quelle équipe vas-tu choisir ? Le stade du Marítimo est beaucoup plus proche de chez toi mais finalement, tu préfères suivre ton parrain.

– Tu vas te plaire, ici, te dit-il en te faisant visiter les installations du centre de formation du Nacional.

Tu hoches la tête avec excitation tandis que tes yeux scrutent les superbes terrains verts et les machines de musculation étincelantes. Oui, tu as certainement pris la bonne décision.

D'une certaine façon, en rejoignant le Nacional, c'est un peu comme si tu repartais de zéro. Tu dois t'intégrer dans une nouvelle équipe et faire de nouveau tes preuves auprès d'un entraîneur, sans parler du niveau de jeu qui est bien plus élevé qu'à Andorinha.

– Si tu écoutes bien les conseils que l'on te donne, tu pourrais faire un pas de plus vers la réalisation de ton rêve, te dit ton père.

Tu es on ne peut plus d'accord. Tu as beau n'avoir que 10 ans, tu es convaincu d'être promis à un grand avenir.

Malheureusement, lors de ta première séance, la confiance te monte un peu à la tête. Quand tes nouveaux coéquipiers font des appels, tu les ignores complètement et tu pars en dribble seul vers le but. Tu veux leur montrer de quoi tu es capable. Mais après quelques passements de jambes, un défenseur te tacle sèchement et tu perds le ballon.

– Pourquoi n'as-tu pas fait la passe ? se plaignent tes partenaires.

Tu ne te démontes pas. Tu es peut-être le petit nouveau, mais tu ne vas pas te laisser marcher sur les pieds.

– Parce que je suis meilleur que vous tous réunis ! réponds-tu avec arrogance.

Tu leur fais une très mauvaise première impression et les choses ne s'arrangent pas au fil des minutes… Tu essaies de compenser ton erreur par un autre dribble, et un autre, et encore un autre…

À la fin de la séance, tu as réussi l'exploit d'être le joueur le moins populaire du Nacional. Mince… Qu'est-ce que tu vas bien pouvoir faire pour te rattraper ? Alors que tu es sur le point de rentrer au vestiaire, l'entraîneur te prend à part.

– Tu es doué, commence-t-il gentiment, mais si tu n'apprends pas à faire un peu plus de passes, tu risques de t'en mordre les doigts.

Toute la semaine, ses mots tournent en boucle dans ta tête. Il a raison… Tu réalises que le football est un jeu collectif et que tout seul, tu n'iras pas bien loin. Tu dois faire confiance à tes partenaires, sinon tu ne gagneras jamais de trophées.

La séance suivante, tu essaies de faire plus de passes, et tu t'aperçois que tes coéquipiers ont aussi du talent. Lorsque vous combinez ensemble, vous marquez à chaque fois. Vous devenez même invincibles.

– Excellent, Cristiano, t'encourage l'entraîneur. Souviens-toi : le football, c'est plus facile quand on joue avec les autres !

Maintenant que tu as trouvé tes repères au Nacional, rien ne semble pouvoir t'arrêter. Tu commences par écraser la concurrence au niveau local. Puis tu conduis ton équipe à la victoire dans le championnat régional des moins de 13 ans. À chaque match, les recruteurs se pressent dans les tribunes pour t'observer. *Où ira le petit magicien de Madère, ensuite ?* se demandent les gens autour de toi.

– Cristiano est trop bon pour rester sur cette île, déclare Fernando.

Ton père hoche la tête.

– Mais quel club serait en mesure de t'accueillir ? poursuit Fernando en se tournant vers toi. Si tu veux vraiment percer dans le football, tu dois t'installer dans l'une des plus grandes villes du Portugal, comme Lisbonne ou Porto.

Cette idée t'effraie… Tu n'as que 12 ans et tu n'as jamais quitté Madère.

– Ne t'inquiète pas, te rassurent tes parents, nous n'avons même pas encore reçu d'offre sérieuse.

C'est alors que le Sporting Lisbonne envoie un recruteur pour te superviser… et tout s'accélère !

– Je n'ai jamais vu quelqu'un d'aussi jeune et d'aussi doué, commente-t-il avant de te proposer de venir à Lisbonne pour passer un essai.

Oh là là, quel casse-tête… Le Sporting est l'une des meilleures équipes portugaises, ce serait une chance extraordinaire pour toi. *C'est là que Luís Figo a commencé sa carrière*, penses-tu, *et aujourd'hui, il joue à Barcelone !* Figo est l'un de tes modèles. Ce serait génial de marcher sur ses traces ! Mais es-tu vraiment prêt à quitter ta maison et à t'installer à Lisbonne pour poursuivre ton rêve de devenir une superstar ?

**LE MOMENT EST VENU DE PRENDRE UNE DÉCISION.**

**Que réponds-tu au recruteur du Sporting Lisbonne ?**

A) « Oui, j'en serais très honoré… Lisbonne, me voilà ! » Après tout, c'est peut-être la seule et unique chance que tu auras de percer.

**Ou :**

B) « Je vous remercie pour votre belle proposition, mais je pense rester à Madère encore quelques années. » Tu es jeune et tu auras sûrement d'autres occasions à l'avenir de réaliser ton rêve.

**Si tu choisis la réponse A, rends-toi à la page 86.**

**Si tu préfères la réponse B, va à la page 55.**

Le Sporting Lisbonne respecte ta décision de rester à Madère.

– Si jamais tu changes d'avis et que tu veux faire un essai, appelle-moi, conclut le recruteur en tendant son numéro de téléphone à tes parents.

Ouf ! Quel soulagement de savoir que tu n'as pas gâché ta seule chance de jouer pour l'un des clubs les plus prestigieux du Portugal. Pour l'instant, tu retournes t'amuser avec tes amis du Nacional et dans quelques années, tu pourras faire le grand saut et emménager à Lisbonne.

Madère est une petite île, et rien ne reste secret très longtemps. En un rien de temps, tout le monde ne parle plus que de ta décision. Dans la rue, les gens chuchotent en te désignant du doigt :

– Si, je t'assure, c'est lui qui a dit non au Sporting !

Tu essaies de les ignorer mais tu n'y arrives pas... N'aurais-tu pas commis une terrible erreur ? Mais non, tu as fait ce qui te semblait juste. C'est le principal, n'est-ce pas ?

Tu passes les années suivantes à Madère. Le Nacional n'est pas un club aussi célèbre et prospère que le Sporting Lisbonne, mais le groupe senior joue tout de même en Segunda Liga, la deuxième division portugaise. Si tu continues à travailler dur, tu te fraieras un chemin du centre de formation à l'équipe première, et ensemble, vous accéderez peut-être à la Primeira Liga !

– Si tu y parviens, tout le monde ne parlera plus que de toi, tu seras une légende, ici ! te dit Fernando, ton parrain.

L'idée est séduisante... mais tu pourrais aussi rejoindre le Marítimo. Non seulement ils évoluent en première division portugaise, mais ils sont également engagés en coupe de l'UEFA. Ils rencontrent des formations de haut niveau venues de toute l'Europe. Ce serait génial, n'est-ce pas ?

Qui sait ce qui pourrait alors arriver – peut-être serais-tu repéré par le FC Barcelone, comme ç'a été le cas avec ton héros, Luís Figo ?

Tu es intéressé, et le Marítimo aussi. Leurs recruteurs te suivent depuis longtemps et comme tu as refusé l'offre du Sporting, ils se disent qu'ils ont peut-être leur chance. Si tu signes chez eux, ils te promettent qu'ils feront de toi une superstar et que tu joueras en Primeira Liga le jour de tes 18 ans ! Waouh, n'est-ce pas ce dont tu as toujours rêvé ?

Mais il y a un problème, et il est de taille : le Marítimo est le plus grand rival du Nacional. Es-tu vraiment prêt à tourner le dos à tes partenaires pour faire avancer ta carrière de footballeur ? Ton parrain sera sûrement déçu ; il travaille pour le Nacional et c'est lui qui a poussé le club à te recruter !

## LE MOMENT EST VENU DE PRENDRE UNE DÉCISION.

**Est-ce que… :**

A) … tu décides de rester fidèle au Nacional et d'essayer de les mener jusqu'en Primeira Liga ?

**Ou :**

B) … tu acceptes l'offre du Marítimo sans te soucier des conséquences ?

**Si tu choisis la réponse A, rends-toi à la page 59.**
**Si tu préfères la réponse B, va à la page 78.**

– Je suis content que tu aies finalement décidé de rester, te confie ton entraîneur au Nacional, l'air mi-heureux, mi-soulagé. Tu es ici chez toi, tu es notre future superstar !

Mais au moment de fêter tes 14 ans, tout est devenu un peu trop facile et tu commences à te relâcher. Tu es l'un des meilleurs, si ce n'est LE meilleur joueur du Nacional, c'est la réalité ! Alors tu ne fais plus vraiment d'efforts. Tu arrives en retard et tu te contentes du strict minimum. Ce n'est pas comme s'ils allaient te virer, n'est-ce pas ? Ils ont besoin de toi !

Sauf qu'au bout d'un moment, ton entraîneur en a assez de tes écarts de conduite et de ton mépris affiché envers tes partenaires. En plus, tu n'écoutes rien de ce qu'il te dit !

– Cristiano, je ne le répéterai pas ! s'exclame-t-il avec colère. Tu me fais perdre mon temps et tu gaspilles ton talent. Si tu ne te ressaisis pas rapidement, tu peux te trouver un autre club où te tourner les pouces, ce ne sont pas les équipes qui manquent.

Il a vraiment l'air furieux, mais ses remarques te passent au-dessus de la tête. *Le Nacional a déjà de la chance de pouvoir compter une superstar telle que moi dans ses rangs*, penses-tu avec arrogance. Tu as beau t'entraîner à 50 % de tes capacités, le week-end, c'est toujours toi le patron. Alors, où est le problème ? Pourquoi ne pourrais-tu pas t'amuser si en parallèle les résultats sont au rendez-vous ?

Certains de tes meilleurs amis décident de quitter l'équipe. Ils en ont marre du foot. Ils préfèrent faire la fête, et tu es tenté de les suivre…

– Cool, je vous retrouve au bar ! leur lances-tu.

Tu négliges de plus en plus l'entraînement et, pendant ce temps-là, les autres continuent de progresser. Un jour, tu ne parviens plus à éviter les tacles des défenseurs : ton coach doit te sortir à la mi-temps, tu ne tiens plus les quatre-vingt-dix minutes. Que se passe-t-il ? Ces dernières semaines, tu n'as marqué qu'un malheureux but…

Finalement, l'événement que tu pensais ne jamais voir arriver se produit : tu es relégué sur le banc des remplaçants.

– Désolé, Cristiano, mais il y a des joueurs qui méritent bien plus que toi d'être sur le terrain.

## LE MOMENT EST VENU DE PRENDRE UNE DÉCISION.

**Est-ce que… :**

A) … tu admets que tu dois te recentrer sur le football ? Tu es déterminé à te racheter aux yeux de ton entraîneur et de toute l'équipe. Tu deviens un super remplaçant en attendant de peut-être regagner ta place. Finies les vacances, l'heure de te remettre au travail a sonné !

**Ou** :

B) … tu claques la porte du club pour passer du bon temps avec tes amis ? C'est quand même nettement plus amusant…

**Si tu choisis la réponse A, rends-toi à la page 64.**

**Si tu préfères la réponse B, va à la page 62.**

Bien sûr, tu aimes toujours le football, mais ce n'est plus ta passion. Il y a tellement d'autres choses à faire dans la vie, et tu as hâte de les découvrir !

Au début, tu apprécies cette liberté de pouvoir faire ce que tu veux quand tu le veux. Parfois, tu joues encore au ballon avec tes amis, mais la plupart du temps tu te reposes et vous traînez dans le parc tout en écoutant de la musique. C'est sympa… un certain temps. Tu as toujours l'esprit compétitif et ce désir d'être le meilleur.

Tu quittes l'école à l'âge de 16 ans et tu trouves un emploi dans un petit bar, où tu rencontres João, un collègue qui évolue dans l'équipe du coin. Il te propose de venir t'entraîner avec eux. Pourquoi pas ? Ça fait longtemps que tu n'as pas touché un ballon, mais tu n'as rien perdu de ton talent. À la fin de la première séance, tu es déjà la nouvelle superstar !

C'est agréable de jouer de nouveau en club, même si ce n'est pas le Sporting Lisbonne. Après une bonne première saison, tu t'engages avec une autre équipe à Madère. Ils évoluent dans la division supérieure et ils te paient pour chaque but que tu marques. Ce n'est pas grand-chose, mais c'est toujours ça de pris !

**FIN**

Ton comportement s'est amélioré et ton entraîneur le remarque. Il décide donc de te donner une seconde chance. Tu entres sur le terrain alors que ton équipe est tenue en échec, 0-0.

Sur la première passe que tu reçois, tu t'élances sur l'aile, tes jambes bougent à toute vitesse et pourtant le ballon reste collé à tes pieds. Le grand Cristiano est de retour ! Après un habile crochet, tu lèves la tête et tu repères un partenaire démarqué dans la surface. Ton centre est parfaitement dosé !

*Buuuuuuuuuuuuuuuuut !!!*

Super remplaçant à la rescousse ! En quelques minutes, tu as fait la différence et tu as permis au Nacional de prendre l'avantage avec une de ces accélérations dont tu as le secret. Tout le monde te félicite et ton entraîneur te donne une tape dans le dos. Ta mauvaise passe est derrière toi, et ça te fait du bien au moral. Désormais, rien ne t'empêchera plus de réaliser ton rêve.

Maintenant que tu es de nouveau concentré à 100 % sur le football, tu recommences à progresser et tu redeviens la superstar du Nacional. Ton travail finit par payer le jour où le manager de l'équipe première t'invite à venir t'entraîner avec ses joueurs. Waouh ! Tu rêves de ce moment depuis ta plus tendre enfance ! Tu n'as encore que 16 ans et ce n'est qu'une séance, mais tu comptes bien en profiter à fond ! Ton avenir se joue peut-être maintenant...

Tu as déjà assisté aux entraînements de l'équipe première mais cette fois, tu vas être sur le terrain. Tu es un peu nerveux en entrant dans les vestiaires ; heureusement, très vite, l'excitation prend le dessus. Tu espères juste que tes nouveaux partenaires seront sympas avec toi et ne te laisseront pas tout seul dans un coin.

– Comment tu t'appelles ? te demande le capitaine en te serrant la main.

– Cristiano. Cristiano Ronaldo, dis-tu en essayant de paraître aussi sûr de toi que possible.

– Ravi de te rencontrer, Cristiano. Tu joues à quel poste, d'ordinaire ?

– Ailier, réponds-tu.

– Tu dois être plutôt doué pour que le coach t'invite à t'entraîner avec nous, ajoute-t-il avec un sourire.

Tu acquiesces. Il le découvrira bien assez tôt… Pendant la séance, tu t'appliques sur chacun des exercices, mais tu en gardes un petit peu pour le match.

Dès les premières minutes, tu appelles le ballon, sûr de toi ; tes partenaires, eux, ne te font apparemment pas encore confiance. Tu es dans tous les bons coups, mais c'est comme si tu étais invisible. Enfin, un de tes coéquipiers t'aperçoit et te fait une passe puissante. Ton contrôle est réussi mais en relevant la tête, tu vois ton vis-à-vis se précipiter à ta rencontre, et tu comprends à son regard qu'il compte bien te rentrer dedans… Tu dois réagir, vite ! Tu fais semblant de donner ton ballon vers la droite et au moment où le milieu de terrain s'élance pour tacler, tu l'évites d'un crochet du gauche.

– Wooooooow, il t'a mis dans le vent, mec ! crie l'un de tes partenaires à l'intention du défenseur.

Tu n'as pas le temps de profiter de ce moment. Bientôt, un nouvel adversaire s'interpose entre toi et le but.

**LE MOMENT EST VENU DE PRENDRE UNE DÉCISION.**

**Est-ce que… :**

A) … tu tentes lui aussi de le dribbler ? C'est l'occasion de montrer à tout le monde que c'est ton point fort.

**Ou :**

B) … tu passes le ballon à un partenaire démarqué ? L'entraîneur connaît ton niveau technique, donc tu veux qu'il sache que tu es également capable de jouer avec les autres.

**Si tu choisis la réponse A, rends-toi à la page 68.**

**Pour la réponse B, va à la page 70.**

Tu rates ton petit pont et quelques autres ensuite… Très vite, tes coéquipiers en ont assez de te voir perdre le ballon en voulant dribbler la Terre entière. Qui est ce gamin arrogant qui se prend déjà pour une superstar ?

Ils n'arrêtent pas de te crier « Passe ! » mais tu commences à paniquer et à enchaîner les erreurs. Le coach lève les yeux au ciel, ça suffit ! À la fin de l'entraînement, tu es renvoyé chez les moins de 18 ans et tu y restes. Tu as manqué une belle opportunité et, malgré tous tes efforts, tu n'as plus ta place dans l'équipe.

Heureusement, un club lisboète te donne une chance. Le Sport União Sintrense n'évolue pas dans l'élite, mais cela te permet de ne pas tirer un trait sur ta carrière de footballeur. Tu travailles dur à l'entraînement et tu as retenu la leçon – tu n'essaies pas de faire la différence tout seul, tu joues simple… et collectif. À 18 ans, tu fais tes débuts dans l'équipe première et un an plus tard, tu es l'attaquant vedette. Tu fais de ton mieux pour que Sintrense accède à la deuxième division, mais vous échouez de peu.

La bonne nouvelle, c'est que tes belles performances ont attiré l'attention d'Estrela da Amadora. Ils évoluent en Segunda Liga pour le moment, mais ils visent la montée – et ils comptent sur toi pour y parvenir.

Pour ta première saison au club, vous êtes champions et donc promus ; lors de la deuxième, en Primeira Liga, vous terminez en milieu de tableau. Malheureusement, Estrela da Amadora marque le pas puis régresse d'année en année, jusqu'à être relégué. Cet échec scelle la fin de ta carrière en première division portugaise, mais, au moins, tu auras vécu quatre années inoubliables.

**FIN**

L'entraîneur de l'équipe première du Nacional est impressionné. Non seulement tu es doué balle au pied, mais tu sais aussi quand dribbler et quand faire la passe. Il est rare de rencontrer des joueurs si jeunes avec un tel sens tactique.

– Bravo, mon garçon ! te dit-il au moment de rentrer au vestiaire. On se retrouve demain à la même heure pour une nouvelle session.

Hourra ! Tu fais désormais partie de l'équipe première !

Au début, tu essaies d'en apprendre un maximum en t'inspirant de tes partenaires les plus expérimentés. Et au fil des semaines, ils te font de plus en plus confiance. Tu es motivé et ça se voit !

– Tu as la bonne attitude, te confirme le capitaine un soir alors que tu t'exerces au tir après la séance. Maintenant, tu dois saisir ta chance quand elle se présentera.

Tu prends ton mal en patience, mais le temps passe et tu restes cantonné à l'entraînement… Pourtant, tu es prêt à évoluer à n'importe quel poste – même gardien de but ! Et finalement, ton jour arrive. Avant le match de Segunda Liga contre Chaves, l'effectif du Nacional connaît une suite de blessures. Le coach parvient à combler les trous, mais il lui manque un remplaçant… Félicitations, ce sera toi !

Pendant la première mi-temps et la majeure partie de la seconde, tu restes sur la touche en espérant qu'on te fasse entrer. Puis, à vingt minutes de la fin, ton équipe concède un but. Oh, oh !… Tu veux bien évidemment que le Nacional gagne, et tu sais que ton manager doit réagir ; or, tu es le seul attaquant sur le banc…

– Ronaldo, prépare-toi ! te lance son adjoint.

En un instant, tu enfiles ton maillot rayé noir et blanc. Tu prends une grande inspiration et tu commences à t'échauffer sur le bord du terrain. Tu as l'impression de vivre ta première séance d'entraînement : tu te sens un peu nerveux, mais surtout super excité à l'idée de faire ton entrée ! Tu attends ce moment depuis si longtemps ! Malgré tout, tu sais aussi que tu as une mission à remplir. Tu dois faire la différence, sans quoi, ton équipe perdra des points au championnat.

Par où commencer ? Les premières minutes passent et tu n'as toujours pas touché le ballon. Tu multiplies les appels, mais c'est comme si tu étais redevenu invisible. Si personne ne regarde sur l'aile, tu vas devoir te débrouiller par toi-même. Tu te précipites au milieu du terrain et tu réalises une interception. Tu accélères en direction du but de Chaves, à l'attaque ! Tu avances en dribble et tu te rapproches de plus en plus de la surface de réparation. Face à toi, la défense se resserre. Quel parti prendre ? Tu entends ton partenaire t'appeler sur la gauche mais en même temps, tu pourrais aussi faire la différence tout seul, c'est tentant…

## LE MOMENT EST VENU DE PRENDRE UNE DÉCISION.

**Est-ce que… :**

A) … tu passes le ballon à ton coéquipier ? C'est un buteur expérimenté et il est le mieux placé pour frapper.

**Ou :**

B) … tu poursuis ton action en solitaire ? Ce ballon, c'est toi qui l'as récupéré au milieu du terrain, tu penses avoir gagné le droit de tenter ta chance.

**Si tu optes pour la réponse A, rends-toi à la page 74.**
**Si tu préfères la réponse B, c'est à la page 76.**

Ta passe est parfaite, et ton partenaire n'a plus qu'à pousser le ballon au fond des filets. 1-1 ! Alors qu'il court vers le poteau de corner pour célébrer son but, il te montre du doigt avec un grand sourire. Tu le rejoins et vous vous serrez dans les bras. Félicitations, tu es sur le point de devenir un véritable héros !

La saison suivante, tu fais partie des titulaires et tu mènes ton équipe jusqu'à la Primeira Liga, comme tu l'avais prédit.

Quelle sensation unique ! Tout le monde à Funchal connaît désormais ton nom. Ils sont tous si fiers de toi… à commencer par ta famille et ton parrain, Fernando.

– Tu as réussi ! crient-ils avec joie.

Tu as hâte de rencontrer Porto, Benfica et, bien sûr, le Sporting Lisbonne. Tu fais un bon début de saison, avec un but et deux passes décisives au cours des cinq premiers matchs, mais tu as du mal à tenir la distance. Tu affrontes désormais de bien meilleurs défenseurs et ils ne te laissent pas le temps de te lancer dans tes passements de jambes supersoniques. Tu termines l'année avec seulement quatre réalisations et six passes décisives. Surtout, le Nacional est relégué… Ce sera l'unique expérience du club au plus haut niveau, mais c'est plus qu'assez pour faire de toi une légende !

**FIN**

Tu élimines le premier défenseur, mais pas le second… Il te tacle avant que tu aies pu passer le ballon.

– Mais donne-la ! te crie ton coéquipier. J'étais juste à côté de toi ! poursuit-il, les yeux écarquillés de colère.

Tu ne sais pas quoi dire d'autre que « Désolé » avant de revenir dans ta moitié de terrain. Tu fais de ton mieux pour réparer ton erreur mais malheureusement, l'arbitre siffle la fin de la rencontre. Vous avez perdu…

La semaine suivante, tu n'es pas sélectionné pour le match. Tu ne fais même plus partie des remplaçants. Tu continues à t'entraîner mais il est clair que tu n'as plus aucun avenir au Nacional.

Tu finis par signer dans un autre club de Madère, l'UD Santana, en troisième division portugaise. Ça ne t'excite pas particulièrement mais tu réalises que tu aimes évoluer à un niveau inférieur. Tu as plus de temps et d'espace pour te lancer dans tes dribbles, avant de marquer ou de faire une passe décisive. Tu es le meilleur joueur sur le terrain et personne ne vient te reprocher de faire le spectacle. Que demander de plus ? Du coup, même lorsque l'on te propose de rejoindre des clubs plus importants, tu refuses et tu restes à Santana.

**FIN**

– Bienvenue au club, te lance l'entraîneur des jeunes du Marítimo en te voyant pénétrer sur la pelouse. J'espère que tu es prêt à relever le défi ?

Tu acquiesces. L'excitation se lit sur ton visage, c'est pour cela que tu les as rejoints ! Tu as hâte de pouvoir faire tes preuves.

Le Marítimo est fait pour toi : tu peux vivre à Madère avec ta famille tout en jouant pour l'une des meilleures équipes du Portugal. Que demander de plus ? Tu es encore très jeune, mais ton objectif à long terme est d'évoluer en Primeira Liga. Tu es convaincu d'avoir toutes tes chances, même au plus haut niveau du football portugais. Tu es doué et tu as confiance en toi. Tu seras le prochain Luís Figo !

Mais après seulement quelques minutes, tu réalises que les choses risquent d'être beaucoup plus compliquées que tu ne l'avais imaginé. Le Marítimo compte de nombreux autres jeunes joueurs talentueux et ils se connaissent tous déjà très bien. Ils plaisantent ensemble comme s'ils étaient les meilleurs amis du monde. Ils sont aussi proches que tu l'étais de tes coéquipiers au Nacional. Tu es pris d'un effroyable doute... N'aurais-tu pas commis une énorme erreur en venant au Marítimo ?

– Pas question de laisser tomber, murmures-tu en serrant les poings avec détermination. C'est ici que je dois être, et pas ailleurs.

Tu fais de ton mieux pour montrer toute l'étendue de ton talent : ta technique, ta gamme de tirs, mais également ta vision du jeu. Tu veux gagner et tu sais jouer collectif, n'est-ce pas ce qui ressort de tous tes superbes buts et habiles passes lors des matchs d'entraînement ? Pourtant, au fil des mois, tu as toujours le sentiment d'être le « petit nouveau ». Tes coéquipiers ne sont pas désagréables avec toi mais ils ne t'invitent jamais à leurs soirées, et le coach s'obstine à te faire commencer sur le banc, plutôt que dans le onze de départ… Tu vaux beaucoup mieux que ça, tu es le magicien de Madère, après tout ! Mais comment veux-tu faire tes preuves, si on ne te laisse que quelques minutes en fin de partie ?

## LE MOMENT EST VENU DE PRENDRE UNE DÉCISION.

**Est-ce que…** :

A) … tu baisses les bras et tu renonces à ton rêve ? Tu as fait tout ce que tu pouvais et tu ne vois vraiment pas comment y parvenir, au Marítimo. Tu ne peux pas non plus retourner au Nacional – ce serait bien trop embarrassant ! Tu n'as que 14 ans ; tu as tout le temps pour te découvrir de nouveaux talents.

**Ou** :

B) … tu persévères afin de devenir titulaire ? Tu ne sais pas si cela te prendra longtemps, mais n'oublie pas que tu es le garçon le plus compétitif de Funchal et que tu rêves depuis toujours d'évoluer au plus haut niveau ! Profite de chaque minute sur le terrain pour montrer à l'entraîneur du Marítimo toutes les choses incroyables que tu peux faire avec un ballon.

**Si tu choisis la réponse A, rends-toi à la page 82.**
**Si tu préfères la réponse B, va à la page 84.**

Quel dommage de tirer un trait sur tous ces efforts ! Mais peut-être que le haut niveau n'était pas fait pour toi, après tout. Tu retournes jouer avec tes amis dans la rue. De toute façon, c'est avec eux que tu t'amuses le plus… Tu te sens plus libre, donc plus heureux, et tu as le temps de réfléchir à tes autres passions. Dans quoi pourrais-tu t'investir maintenant que le football n'occupe plus tout l'espace ?

Tu décides de travailler dur à l'école pour pouvoir un jour monter ton entreprise de vêtements de sport. C'est de ça que tu as réellement envie : imaginer de nouveaux modèles, être ton propre patron et gagner beaucoup d'argent.

Tu commences petit, en vendant des T-shirts sur le marché, mais en quelques années, te voilà prêt à ouvrir ton magasin. Tout le monde apprécie tes créations, y compris les touristes, et grâce à eux, très vite, tu reçois des commandes en ligne de toute l'Europe !

Pourtant, le meilleur reste à venir : Benfica, l'un des plus grands clubs de football du Portugal, te propose de designer son équipement pour la nouvelle saison.

Tu n'as peut-être pas réussi en tant que footballeur professionnel, mais tu côtoies quand même l'élite, à ta façon.

**FIN**

Avec une détermination farouche, tu te fraies un chemin jusqu'au onze de départ. Désormais, rien ne t'arrête. À tout juste 16 ans, tu es l'un des jeunes talents les plus prometteurs du Marítimo ; à 18 ans, tu fais tes débuts en Primeira Liga, comme tu en rêvais. Félicitations, te voilà footballeur professionnel !

Mais les premières années sont frustrantes. Malgré quelques éclairs de génie, tu peines à faire ta place dans l'équipe type. En coulisse, les gens se demandent si tu ne seras jamais plus qu'un super remplaçant pour les fins de matchs difficiles. Et puis les choses s'améliorent. Un nouvel entraîneur arrive qui croit en ton potentiel. Tu es titulaire lors des dix rencontres suivantes et logiquement, tu commences à trouver tes marques en Primeira Liga. Tu gagnes rapidement en expérience et cela se voit sur le terrain. Grâce à tes buts et à tes passes décisives – et à tes gestes techniques, bien entendu ! –, tu deviens un élément clé dans le dispositif du Marítimo.

Tu ne rejoindras jamais le Sporting Lisbonne ni Barcelone, et tu ne participeras pas aux plus grandes compétitions européennes, mais tu réalises une belle et longue carrière en première division, au sein du Marítimo.

**FIN**

Au moment du décollage, tu fermes les yeux et tu essaies de rassembler tes esprits. Mais ce n'est pas facile : tu quittes Madère pour la première fois de ton existence, seul, pour passer un test dans l'un des plus grands clubs de foot portugais. C'est la chose la plus excitante qui te soit jamais arrivée.

Lorsque tu atterris à Lisbonne, le recruteur en chef du Sporting, Aurélio Pereira, est là pour t'accueillir et t'accompagner jusqu'au terrain d'entraînement. Pendant le trajet, tu regardes défiler le paysage en silence, les rues bondées, la circulation… Tu vas vraiment vivre dans une ville aussi animée ? Tu t'avances un peu ; tu dois d'abord convaincre le staff que tu mérites d'être signé. Quelle immense opportunité ! Tu dois te donner à 100 % si tu ne veux pas laisser passer ta chance. C'est une pression lourde à gérer pour un jeune garçon, mais elle s'évanouit sitôt que tu enfiles l'équipement du Sporting. Tu as confiance en tes capacités et c'est pour ce genre de moment que tu as commencé à jouer au foot.

Il ne te faut pas longtemps pour convaincre le staff de tes qualités. Pied droit, pied gauche, en deux touches de balle, tu te faufiles entre deux adversaires et tu en dribbles un autre avec un double contact éclair. Et alors que les défenseurs pensent t'avoir pris au piège, tu parviens à leur échapper. Tu changes de direction en effectuant une habile roulette juste avant de délivrer une passe parfaite à ton nouveau coéquipier.

*Buuuuuuuuuuuuuut !!!*

– Waouh, murmure l'un des joueurs sur le terrain. Il est doué, lui…

Ta confiance grandit et tu te sens prêt à passer à l'étape supérieure. Jusqu'à présent, tu as su rester humble, mais pourquoi ne pas être toi-même ? De toute façon, tu ne peux plus te retenir et immédiatement, ton côté compétitif ressort. Tu as beau être le petit nouveau, tu dis à tes coéquipiers ce qu'ils doivent faire et où aller. Tu ne peux pas t'en empêcher, tu es obsédé par la victoire…

Sur le bord du terrain, les entraîneurs sont très impressionnés par ton talent et ta maturité. Après quelques jours, ils semblent déjà avoir pris leur décision. Tu es exactement celui qu'ils recherchent, alors, sans plus tarder, ils te proposent un contrat. Waouh, vraiment ?! Tout va si vite !

Tu te poses mille questions mais heureusement, Aurélio prend le temps de tout vous expliquer, à toi et à tes parents, lors de sa venue à Madère. Tu vivras avec les autres au centre de formation. Tu iras à l'école pendant la journée, et tu joueras au football soirs et week-ends. Le club te versera même un salaire qui te permettra de t'occuper de ta famille.

– Ça me va, dis-tu avec un large sourire en signant ton premier contrat au Sporting.

C'est la chance de ta vie.

C'est difficile de quitter les tiens, mais tu essaies de rester positif au moment des adieux à l'aéroport.

– Bon courage, te glisse ta mère en essuyant ses larmes.

Elle ne peut pas s'empêcher de se faire du souci pour toi. Elle n'est pas à l'aise avec l'idée de laisser son fils de 12 ans vivre tout seul dans cette grande capitale. Mais elle est heureuse pour toi, malgré tout. Elle sait que Lisbonne est l'endroit idéal pour réaliser ton rêve. Tu promets de lui rendre visite bientôt.

Tu arrives au centre de formation plein d'enthousiasme et de détermination mais malheureusement, cela ne dure pas très longtemps. Au fil des jours, tu te sens de plus en plus seul et tu as le mal du pays. Tu appelles même tes parents pour leur confier ton mal-être et ton envie de rentrer.

– Je n'ai pas d'amis… Ils sont tous beaucoup plus âgés que moi, leur confesses-tu la voix tremblante au téléphone. Et tout est si difficile et si différent, ici !

– Ne baisse pas les bras, mon chéri, te réconforte ta mère. Sois patient et tu verras, dans quelque temps, tout ira mieux…

C'est elle qui a raison… Les entraîneurs du Sporting sont à l'écoute et ils font tout leur possible pour faciliter ton installation. Au fil des semaines, le football reprend le dessus, et tu réussis tellement bien dans ton nouveau club que tu ne penses bientôt plus à Madère. Au lieu de cela, tu te concentres à 100 % sur ta carrière. Si tu continues à progresser à cette vitesse, tu seras forcément, dans les années qui viennent, appelé en équipe première. Tu consacres chaque heure de ta journée à améliorer tous les compartiments de ton jeu : tes tirs, ton endurance et ta puissance. Personne ne s'entraîne aussi dur que toi. Tu veux devenir une superstar et ça se voit !

Bien sûr, il arrive que tu t'accroches avec les uns ou les autres, ou que tu joues un peu trop personnel, mais tu es sur la bonne voie pour atteindre ton objectif en un temps record ! À 16 ans, en plus de ta catégorie d'âge, tu évolues avec les moins de 17 ans, les moins de 18 ans et la réserve.

Il n'y a guère que l'équipe première qui ne t'ait pas encore ouvert ses portes. Ce n'est probablement plus qu'une question de temps avant que son entraîneur, László Bölöni, t'appelle et te le propose, mais la patience n'est pas l'un de tes points forts. Quand ton ami et rival, Ricardo Quaresma, reçoit son invitation, tu te sens laissé pour compte. Peu importe qu'il ait deux ans de plus que toi. Tu n'en peux plus d'attendre ton tour, tu veux jouer dans la cour des grands, et maintenant !

Heureusement, tu finis par être appelé, mais le jour dit, tu es nerveux et tu ne joues pas ton meilleur football. Évoluer au milieu de jeunes aussi doués est beaucoup plus difficile que tu ne le pensais, d'autant que tu te mets une pression énorme pour les impressionner… Tu ne fais rien de mal, mais tu ne fais rien d'extraordinaire non plus, et cela te frustre.

– Il faut que je montre à Bölöni de quoi je suis capable avant qu'il ne soit trop tard, confies-tu à Aurélio qui est venu assister à l'entraînement.

Le recruteur du Sporting t'écoute et te dit exactement ce que tu avais besoin d'entendre :

– Où est donc passé le garçon sûr de lui et passionné que j'ai connu ? Il faut que tu t'accroches et que tu redoubles d'efforts !

Oui, Aurélio a raison ! Depuis le début, tu restes humble et en retrait, tout le contraire de ton jeu habituel. Il est temps que cela change.

La séance suivante, tu apparais transformé. Tu tentes des passements de jambes et des petits ponts, même face aux défenseurs les plus expérimentés. Et quand tu perds la balle, tu n'as pas peur d'aller au contact pour la récupérer.

– Hé, oh, pour qui tu te prends, toi ! te lance un des titulaires après que tu l'as fait tomber sans le vouloir.

Cette fois, tu ne restes pas bouche bée mais tu ne t'excuses pas non plus. Ce n'est pas ton style. Tu lui réponds à haute et intelligible voix :

– Pour le futur meilleur joueur du monde.

Audacieux, pour un gamin de 16 ans, mais ça marche ! Bien sûr, tu as encore beaucoup à apprendre sur le plan tactique et collectif mais tu excelles dans deux domaines clés : le talent et la confiance en soi. Et cela suffit pour impressionner l'entraîneur.

– Cristiano sera plus fort qu'Eusébio et Figo, annonce Bölöni en début de saison.

Autant dire qu'après une déclaration comme celle-là, toute la pression repose sur tes épaules ! Mais ça ne t'inquiète pas outre mesure, tu sais que tu seras capable de répondre aux attentes. Tu fais tes débuts en Primeira Liga face à Braga, avec le numéro 28. Le match s'achève sur une défaite décevante : 4-2. Tu as regardé la rencontre depuis le banc… du coup, la semaine suivante, tu redoubles d'efforts pour te glisser dans le onze de départ lors du prochain match contre Moreirense. Tu n'en peux plus d'attendre ! Et enfin, tu te fais une place sur l'aile droite. Ton ancien rival et ami, Ricardo Quaresma, est sur la gauche. L'heure est venue pour vous de briller.

Au milieu de la première mi-temps, votre équipe récupère le ballon au niveau de la ligne médiane. Tu te précipites en attaque en criant « Passe » ! Tu accélères et tu dribbles un joueur, puis, grâce à ton agilité, tu évites un tacle particulièrement vicieux. À l'approche de la surface de réparation, tu enchaînes les passements de jambes à une vitesse supersonique. Tu feintes à droite avant de repartir vers la gauche. Quelle course, tu sembles impossible à arrêter ! Tu es désormais face au dernier rempart… Le gardien sort et plonge dans tes pieds, mais tu parviens à glisser un petit ballon piqué par-dessus lui qui vient mourir dans les filets.

*Buuuuuuuuuuuuuuut !!!*

Quelle incroyable façon de marquer ta première réalisation en championnat ! Tu es tellement excité que tu enlèves ton maillot pour le lancer dans les tribunes ! Une superstar est née.

Après cette performance sensationnelle contre Moreirense, toute la planète football a le regard tourné vers toi. À la fin de la saison, tu as ajouté quatre buts et cinq passes décisives à ton compteur. Pas mal, pour un petit jeune de 17 ans ! Tous les plus grands clubs européens sont déjà prêts à te recruter : l'Inter Milan, le Real Madrid et Manchester United.

United est l'une des équipes les plus célèbres au monde. Ils ont un effectif incroyable : Rio Ferdinand, Paul Scholes, Ryan Giggs, Ruud Van Nistelrooy, et ils ont remporté la Premier League pour la huitième fois en onze ans.

Leur ailier droit, David Beckham, a signé au Real Madrid et il se murmure que Sir Alex Ferguson voudrait que tu le remplaces.

Waouh ! Vraiment ? Tu n'en reviens pas. Beckham est l'un des tout meilleurs au monde ! United a tellement hâte de parvenir à un accord qu'ils acceptent de disputer un match amical en pré-saison contre le Sporting. Votre entraîneur vous aligne, ton coéquipier Ricardo Quaresma

– fraîchement recruté par le FC Barcelone – et toi, dans son effectif de départ pour affronter les Mancuniens. Tu es sur le point de te mesurer à ce qui pourrait devenir ton nouveau club, à condition que tu leur fasses bonne impression…

## LE MOMENT EST VENU DE PRENDRE UNE DÉCISION.

**Est-ce que… :**

A) … tu essaies d'exprimer tout ton talent ? Peu importe le résultat, de toute façon, le contrat avec Manchester United est quasiment signé…

**Ou :**

B) … tu te donnes à fond pour que ton équipe s'impose ? C'est l'occasion de montrer à Ferguson, ton potentiel futur entraîneur, que tu as un mental solide en plus de tes qualités techniques.

**Si tu choisis la réponse A, rends-toi à la page 96.**

**Si tu préfères la réponse B, va à la page 99.**

Tu débutes la rencontre sur les chapeaux de roue en multipliant les passements de jambes mais après seulement dix minutes, les défenseurs trouvent la parade. Chaque fois que tu reçois le ballon, John O'Shea et Rio Ferdinand se précipitent sur toi et t'empêchent d'avancer. Tu pourrais faire la passe à l'un de tes coéquipiers, mais ils voient bien que ce n'est pas ce que tu as en tête. Au contraire, tu continues à essayer de faire la différence seul.

– Mais arrête de frimer ! crie João Pinto, l'attaquant du Sporting, alors que tu as perdu un nouveau ballon.

Malheureusement, plus tu tentes de réparer tes erreurs, plus tu t'enfonces. Tes coéquipiers ne te font plus de passes parce qu'ils savent que tu ne les leur rendras pas. Hélas, tu n'es pas au bout de tes peines ! À la mi-temps, l'entraîneur te sort. Il en a assez de ton cinéma, et il n'est pas le seul…

– Il est doué ce gamin, c'est sûr, mais il en fait trop, confie Ferguson à son assistant, Carlos Queiroz. Ça ne marchera pas en Premier League. J'ai changé d'avis : finalement, je ne pense pas que Ronaldo soit celui dont nous avons besoin.

Ton rêve d'évoluer en Premier League s'envole donc, et Ferguson décide de signer Ronaldinho, le joueur du PSG, à ta place.

Mais tout n'est pas perdu. Il apparaît que ton style convient mieux à la Primeira Liga. Tu as plus d'espace pour t'exprimer et avec le départ de ton ancien rival, Ricardo Quaresma, tu deviens l'attaquant vedette du Sporting. Grâce à ta vitesse et à ton talent, tu mènes ton équipe deux années de suite au titre de champion. Quelle superstar ! Les supporters du stade José-Alvalade t'adorent et tu croises même des enfants dans les rues de Lisbonne avec ton nom au dos de leur maillot. Il n'existe pas de meilleure sensation au monde, pourquoi voudrais-tu partir dans ces conditions ?

Tu choisis de rester, même lorsque le Real Madrid et le FC Barcelone tentent de te signer. Tu es ici chez toi, et tu n'iras nulle part ailleurs. Pour te remercier de ta fidélité au club, le Sporting te donne le brassard de capitaine. Au fil des saisons, tu bats plusieurs records, comme celui du plus grand nombre de buts et de passes décisives. Tu n'évolueras jamais au plus haut niveau européen, mais c'est ton choix et tu ne le regrettes pas. Tu es une légende du Sporting et tu remportes beaucoup de trophées, dont celui de joueur de l'année. Félicitations !

**FIN**

L'entraîneur du Sporting te fait débuter sur l'aile gauche, ce qui signifie que tu seras face à John O'Shea, le latéral droit de Manchester United. Oui, c'est un bon défenseur, mais est-il au niveau d'une superstar telle que toi ? Non, bien sûr que non !

Dès les premières minutes, tu t'élances en dribble en direction du but. Tes jambes bougent à toute vitesse tandis que tu danses devant O'Shea et pourtant, le ballon reste collé à tes pieds. Le joueur de United ne sait plus où donner de la tête – tu es intenable ! Lorsqu'il tente de te repousser vers l'extérieur, tu l'évites d'un crochet du gauche et tu files sur ton côté avant de centrer. Et quand il essaie de t'amener vers l'intérieur, tu te faufiles et tu le dépasses avant de tirer un boulet de canon du droit. Heureusement pour eux, le gardien réussit un bel arrêt, mais tu es un véritable poison pour la défense de United.

– Rio ! crie O'Shea à son partenaire. J'ai besoin d'un coup de main sur mon aile !

Tu fais le spectacle, mais dans le seul but d'aider ton équipe à marquer et à remporter la victoire. C'est tout ce qui compte à tes yeux. Les autres te donnent un maximum de ballons parce qu'ils savent que la solution viendra de toi. Tu es une superstar en devenir. À la 25e minute, tu fais une excellente passe à l'arrière gauche, Rui Jorge, qui court sur son aile et centre dans la surface jusqu'à Luís Filipe au second poteau.

*Buuuuuuuuuuuuuuuuuuut !!!*

1-0 pour le Sporting ! Ton équipe mène désormais au score, et ta démonstration se poursuit. Chacune de tes actions est excitante et crée le danger dans la défense. Tu réussis un coup du sombrero insolent sur O'Shea, et il n'a pas d'autre choix que de faire une faute pour t'arrêter.

– Allez, Sheasy ! crie Paul Scholes. Marque-le de plus près. Qu'est-ce qui t'arrive ?

– Je n'y peux rien, il est juste injouable, concède ce dernier.

Pendant que tu détruis méthodiquement la défense de Manchester United, Sir Alex Ferguson, le manager du club anglais, pense déjà à finaliser un accord pour te faire venir en Angleterre. C'est dommage, car il manque la deuxième partie de ton spectacle.

– Nous ne partirons pas d'ici sans avoir signé ce garçon, déclare le patron de Manchester United à son assistant, Carlos Queiroz.

Les deux équipes finissent par s'entendre : pour 19 millions d'euros, tu es maintenant un joueur de Manchester United. Ton rêve est en train de devenir réalité ! Le Sporting demande s'ils peuvent te conserver une saison supplémentaire en prêt, mais Ferguson refuse. Malgré tes 18 ans, ton coach pense que tu es prêt à évoluer en Premier League. Pour te témoigner sa confiance, il te remet le numéro 7, qu'ont porté des légendes du club telles que George Best, Éric Cantona et David Beckham.

– Je crois que tu parviendras à gérer la pression, affirme Ferguson en souriant.

Mais avant de devenir titulaire, tu dois d'abord faire tes preuves à l'entraînement. Tes nouveaux coéquipiers prennent les choses très au sérieux, en particulier Roy Keane, le capitaine. Il est encore plus compétitif que toi et pas du tout impressionné par tes dribbles tape-à-l'œil. Il décide donc de te donner une leçon. Sur ton sixième passement de jambes d'affilée, il récupère la balle avec un tacle assassin.

– Hééé ! cries-tu à l'agonie en te tenant le tibia au sol.

Il y a faute, non ? L'entraîneur reste silencieux et la partie continue. Finalement, tu te relèves et tu reprends le cours de la rencontre. Ce n'est pas un petit bobo qui t'empêchera de montrer toute l'étendue de ton talent. Ta technique et tes dribbles, c'est ton identité footballistique. Pour autant, tu vas devoir également t'adapter au style de jeu de Manchester United. Plus tard, alors que tu déboules sur ton aile en enchaînant les passements de jambes, Ruud Van Nistelrooy lève les bras en signe de frustration.

– Mais passe ! crie-t-il avec colère. Ce sont les buts qui font gagner les matchs, pas les dribbles ! Comment est-ce que je suis censé trouver le timing pour m'engager si je ne sais pas quand, ou même si le ballon me parviendra un jour ?

Ces premières semaines en Angleterre sont très difficiles. Tu viens de t'installer dans une nouvelle ville, dans un nouveau pays dont tu ne parles pas la langue et où il semble pleuvoir tout le temps. Tu as beau avoir confiance en toi, il t'arrive de regretter ta vie à Lisbonne. Tes coéquipiers te répètent qu'ils essaient juste de te préparer à la Premier League, mais ce n'est pas exactement l'accueil chaleureux auquel tu t'attendais. Tu veux prouver ton habileté et déployer ta technique – c'est ce qui t'a mené jusqu'ici. Mais ça n'a pas l'air de beaucoup plaire aux autres. Ils préféreraient que tu joues un peu plus collectif.

## LE MOMENT EST VENU DE PRENDRE UNE DÉCISION.

**Est-ce que… :**

A) … tu ignores ce que te disent tes coéquipiers ? Tu es un joueur technique et puis c'est tout – tu ne vas pas changer de style pour eux ou pour le club.

**Ou :**

B) … tu écoutes tes partenaires et tu adaptes ton jeu en conséquence ? Tout ce qu'ils te demandent, c'est de sacrifier quelques dribbles pour plus de buts et de passes décisives, et ainsi permettre à Manchester United de gagner.

**Si tu optes pour la réponse A, rends-toi à la page 105.**
**Si tu préfères la réponse B, va à la page 107.**

Rien ne t'arrête lors de tes débuts en Premier League mais très vite, la magie s'estompe. Les défenseurs, certes impuissants face à tes dribbles, réussissent souvent à t'écarter d'un coup d'épaule quand tu gardes la balle un peu trop longtemps. Et puis même lorsque tu les dépasses, tu n'es pas très efficace dans le dernier geste. À chaque centre ou tir mal ajusté, l'impatience grandit dans les tribunes.

– Ce gamin était censé être une superstar, gémissent les supporters. Il a encore du chemin à faire s'il veut devenir le nouveau Beckham !

Hélas, le temps passe et tu n'évolues pas vraiment. Ferguson finit par te mettre sur la touche comme remplaçant de luxe.

Tu es bien meilleur lorsqu'il s'agit de malmener les défenseurs fatigués en seconde période, et on ne t'utilise plus que pour cela. Durant les trois saisons suivantes, tu gagnes la Premier League et la FA Cup, sans pour autant t'imposer en tant que titulaire. Finalement, Ferguson signe un nouvel ailier droit, et tu retournes au Sporting.

Là, tu redeviens un attaquant de premier plan, et ta carrière prend enfin son envol. Tu es au top de ta forme et tu remportes plusieurs titres de champion, ce qui te remplit de joie et de fierté. Tu l'as mérité, le Sporting n'aurait jamais gagné tous ces trophées sans toi ! En rentrant au Portugal, tu es le joueur que tu avais toujours rêvé d'être. Mais il t'arrive de repenser avec une légère amertume à Manchester United. Tu gardes de bons souvenirs de ton passage en Angleterre, mais tu ne peux pas t'empêcher de croire qu'il aurait pu être encore meilleur.

**FIN**

Tu réalises une première saison mitigée à Manchester United. Rien d'inquiétant à cela, tu es encore jeune et tu dois trouver ta place. Et puis tout n'a pas été mauvais : il y a eu ce coup franc contre Portsmouth, le boulet de canon contre les Spurs et la tête victorieuse en finale de la FA Cup. Mais tout n'a pas été rose non plus, cela fait partie du jeu. Il y a eu les défaites contre Porto en Ligue des champions et Arsenal en Premier League, et ce carton rouge contre Aston Villa pour avoir perdu tes nerfs.

– L'année prochaine, je serai encore meilleur, annonces-tu à tes coéquipiers sur un ton déterminé.

Pendant l'intersaison, tu travailles dur à la salle. Tu renforces le haut de ton corps pour mieux rivaliser avec les défenseurs, mais également tes jambes pour pouvoir placer des accélérations foudroyantes. Cela devrait contribuer à améliorer tes performances ; cependant, comme Rio ne cesse de te le répéter, l'important ce sont les buts et les passes décisives. Aussi, tu t'exerces au tir pendant des heures après l'entraînement et tu te fixes de nouveaux objectifs.

– J'ai inscrit six buts, la saison dernière. L'an prochain, je vise quinze ! confies-tu à Carlos Queiroz.

Mais tu as beau te donner à fond, c'est toujours la même rengaine. Tu dribbles moins, pourtant tu ne marques pas beaucoup plus, et tu ne crées pas autant d'occasions que tu le voudrais pour Ruud Van Nistelrooy et Wayne Rooney. Il t'arrive d'avoir des éclairs de génie, mais est-ce vraiment le mieux que tu puisses faire ?

– Pff, quel nullos, entend-on dans les tribunes d'Old Trafford après que tu as manqué une nouvelle opportunité.

Tu es encore jeune, mais United ne peut pas attendre éternellement que tu atteignes ton plein potentiel. Les supporters commencent à se demander s'il ne serait pas préférable de te remplacer…

– Pourquoi pas Kléberson ou Darren Fletcher ? Au moins, ils donneraient un coup de main en défense de temps en temps ! Et puis ils ne sont pas du genre à simuler, eux…

– Continue à travailler dur. Tout vient à point à qui sait attendre, te recommande Carlos Queiroz alors que tu te confies à lui.

À l'entendre, ça paraît simple. Il n'y a vraiment rien de plus que tu puisses faire ?

## LE MOMENT EST VENU DE PRENDRE UNE DÉCISION.

**Est-ce que…** :

A) … tu travailles jour et nuit, aussi dur que possible, pour améliorer tes performances ? Tu soulèves des poids, tu t'entraînes au sprint et à tirer dans tous les angles. Tout cela sans demander l'aide de personne. Si tu veux que ton rêve se réalise, c'est maintenant ou jamais.

**Ou** :

B) … tu travailles dur tout en essayant de prendre

davantage confiance en toi ? Tu ne t'en rends peut-être pas compte, mais tu progresses à chaque match. Si tu continues à apprendre et à écouter ton entraîneur, tu finiras par y arriver.

**Si tu choisis la réponse A, rends-toi à la page 111.**
**Si tu préfères la réponse B, va à la page 113.**

À trop vouloir en faire, sans écouter les conseils du staff, tu commences à être en surrégime. Au lieu de te permettre de gagner en vitesse, tous ces efforts ont plutôt tendance à te ralentir. Si tu ne fais pas attention, tu risques… la blessure ! Sur un mouvement anodin, dans un match capital, tu ressens une douleur atroce au genou droit.

– Aïïïe !!! cries-tu, à l'agonie.

Hélas pour toi, les nouvelles ne sont pas bonnes. Tu viens de te déchirer le ligament croisé. Il n'y a rien de pire pour un footballeur. Tu seras indisponible pour les neuf prochains mois, jusqu'à la fin de la saison, en somme !

À ton retour, tu n'es malheureusement plus le même joueur. Tu as toujours autant de talent, mais tu manques cruellement de dynamisme. Après une année supplémentaire à United, tu rentres à Lisbonne et tu réintègres le Sporting. Tu espères retrouver ta forme et ton niveau d'avant, mais tu as cette blessure dans un coin de la tête. Tu décides donc de prendre ta retraite de manière anticipée pour devenir kinésithérapeute. Tu as beaucoup appris sur le sujet à travers ton expérience. Une fois que tu auras terminé tes études, tu pourras essayer d'empêcher d'autres joueurs de faire la même erreur que toi.

**FIN**

Grâce à un meilleur état d'esprit, tu termines ta deuxième saison avec neuf buts. Ce n'est pas l'objectif que tu t'étais fixé, mais c'est quand même mieux que six ! L'essentiel, c'est que tu progresses dans la bonne direction.

À chaque match, tu t'affirmes comme attaquant plus que comme ailier. Si tu continues à travailler dur, tu pourrais bien atteindre ton plein potentiel…

– L'année prochaine, je serai encore meilleur, répètes-tu à tes coéquipiers.

Et cette fois, c'est vrai. Le début de saison est laborieux, mais tu trouves ton rythme après la trêve hivernale. Contre Bolton, tu heurtes le poteau à deux reprises avant de marquer un doublé. Le second but est une merveille :

une série de passements de jambes pour tromper la vigilance du défenseur, suivie d'une frappe d'une précision chirurgicale dans le petit filet.

– C'est ça qu'on veut ! t'encourage Wayne Rooney pendant que vous célébrez ton incroyable but.

Il semblerait que vous commenciez à former un duo redoutable à la pointe de l'attaque mancunienne.

Maintenant que tu as ouvert ton compteur, on ne t'arrête plus ! Tu marques deux fois contre Fulham, à nouveau deux fois contre Portsmouth, une fois contre Charlton, et une fois face à Wigan, en finale de la Cup.

– Mais dis-moi, tu ne serais pas en train de devenir une superstar ? s'exclame Ferguson pendant que tes partenaires soulèvent un nouveau trophée.

Il a raison : tu fais désormais partie des tops joueurs européens. Tu dribbles toujours autant, mais tu sais mieux quand tirer et quand libérer ton ballon. Des buts et des passes décisives, n'est-ce pas ce que l'on attend de toi ? La saison 2006-2007 s'annonce comme la meilleure que tu aies jamais connue. Mais avant cela, la Coupe du monde se profile à l'horizon…

En quarts de finale, le Portugal est opposé à l'Angleterre. Tu as hâte d'affronter Gary Neville, Rio et Wayne, tes coéquipiers de United. Le temps d'un match, vous voilà devenus rivaux. Tu n'as jamais manqué de motivation mais cette fois, tu es plus déterminé que jamais.

Au milieu de la seconde période, Wayne Rooney est à la lutte avec Ricardo Carvalho et il semble faire un vilain geste. Dans le feu de l'action, tu oublies votre duo à la tête de l'attaque mancunienne et tu te précipites vers l'arbitre en criant :

– C'est minimum carton rouge, ça !

Wayne n'en croit pas ses yeux.

– Hé, mais qu'est-ce qui te prend ?! te crie-t-il en te bousculant.

Mais il est déjà trop tard. L'arbitre porte la main à sa poche et en sort… un carton ROUGE ! Finalement, lors de la séance de tirs au but, tu inscris le penalty victorieux qui élimine l'Angleterre de la Coupe du monde.

Tout cela est bien joli, mais sans vouloir présager de la suite, tu risques fort d'être l'ennemi numéro 1 à ton retour à Manchester. Le public te huera partout où tu joueras, comme ils l'ont fait pour Beckham après son carton rouge contre l'Argentine en 1998. Sans parler de Wayne, ton partenaire en club. Te pardonnera-t-il un jour ?

## LE MOMENT EST VENU DE PRENDRE UNE DÉCISION.

**Est-ce que... :**

A) ... tu présentes tes excuses à Wayne immédiatement après le match afin de calmer les esprits ? Ensemble, vous pourriez mener Manchester jusqu'au titre de champion en Premier League.

**Ou :**

B) ... tu demandes à être transféré dans un autre club, dans un autre pays ? Tu te plais à Manchester, mais tu ne vois pas pourquoi tu devrais t'excuser. Tu n'as rien fait de mal, après tout. Il est peut-être temps de passer à autre chose... De plus, le Real Madrid est intéressé par ton profil.

**Si tu choisis la réponse A, rends-toi à la page 117.**
**Si tu préfères la réponse B, va à la page 122.**

– Écoute, Wayne, je suis désolé… confesses-tu, encore tout dégoulinant de sueur, dans le vestiaire anglais. Je ne voulais pas que les choses se passent de cette façon, mais j'ai fait ce que j'avais à faire pour gagner.

Wayne est toujours furieux, aucun doute là-dessus, mais il ne cherche pas à envenimer la situation. Au lieu de cela, il hausse les épaules.

– Je comprends. Tu sais, en première mi-temps, j'ai essayé de te faire sanctionner pour simulation…

Ouf, quel soulagement ! Vous n'êtes peut-être pas encore réconciliés, mais vous n'êtes pas non plus en guerre. Cela devrait suffire jusqu'à ce que vous soyez de retour à Manchester.

Lorsque la Coupe du monde sera terminée, tu devras rentrer en Angleterre et à vrai dire, cela t'inquiète un peu. Les supporters anglais vont sûrement t'en vouloir pour l'exclusion de Wayne. Heureusement, Ferguson vient te retrouver au Portugal pour te rassurer et te convaincre de revenir.

– Tu dois être fort mentalement si tu veux évoluer au plus haut niveau. Je sais que tu en es capable.

Et toi, penses-tu avoir ce qu'il faut ? Oui ! Tu décides de serrer les dents et de rester à Manchester. Tu t'es fixé des objectifs et tu comptes bien t'y tenir. Sitôt rentré, tu as une conversation franche avec Wayne, ce qui contribue à apaiser la situation.

– Toi et moi, on veut la même chose : gagner la Premier League. Si on travaille ensemble et si on unit nos forces, on peut y arriver, conclut-il.

La saison commence et tu ne regrettes pas d'être resté. Lors du premier match, Fulham se prend une véritable raclée : 5-1. Wayne marque deux buts et toi, un.

C'est ton année, tu le sens. Tu as gagné en expérience, tu es plus vif et plus puissant. En bref, tu es meilleur que jamais. Avec Wayne et toi en attaque, United est invincible.

À mi-saison, tu en es à 12 réalisations contre 8 pour Wayne. Surtout, United est en tête du classement et tu es très déterminé à y rester. Tu inscris le but de la victoire face à Fulham et aussi lors du derby contre City. À la suite du nul de Chelsea contre Arsenal, Manchester United est sacré champion !

Tu réalises, en soulevant le trophée à Old Trafford, que tu es probablement en train de vivre le plus beau jour de ta vie. Ton travail et ta persévérance ont porté leurs fruits : tu as remporté la Premier League, tu as été nommé joueur de l'année par tes pairs, et également jeune joueur de l'année. Quelle saison incroyable ! Le moment ne serait-il pas venu de te détendre et de profiter des vacances ? Non ! Tu as déjà l'esprit tourné vers la rentrée et tu as un nouveau défi en tête : gagner la Ligue des champions ! C'est un objectif ambitieux et pour l'atteindre, tu vas devoir élever ton niveau de jeu. Tu sais désormais ce que cela signifie : plus de buts et plus de passes décisives.

– Je veux devenir le meilleur footballeur au monde,

confies-tu à René Meulensteen, l'entraîneur adjoint de Ferguson.

Alors, ensemble, vous travaillez dur pour faire de toi une superstar. Et cela paie : en février, tu as déjà marqué 27 buts ! C'est ton plus haut total jamais atteint et il reste encore trois mois ! Surtout, United est toujours dans la course pour le titre de Premier League et qualifié pour la phase éliminatoire de la Ligue des champions. Parviendras-tu à mener ton club jusqu'au doublé ?

Évidemment ! Les mauvaises langues disent que tu n'es bon que contre les équipes plus faibles. Il est temps de leur prouver que tu es un grand joueur en toute circonstance. Tu marques le but victorieux face à Lyon en huitièmes, puis une tête lumineuse contre la Roma en quarts. Enfin, après le succès 1-0 contre Barcelone, vous vous qualifiez pour la finale de la Ligue des champions !

C'est le match de ta vie et vous serez opposés à Chelsea, votre rival en Premier League. Wayne et Carlos Tévez seront à tes côtés, mais c'est sur tes épaules que tout repose. Parviendras-tu à supporter la pression ?

## LE MOMENT EST VENU DE PRENDRE UNE DÉCISION.

**Est-ce que… :**

A) … tu te lâches complètement ? Vous allez devoir livrer une véritable bataille et tu es déterminé à en sortir vainqueur.

**Ou :**

B) … tu restes calme, serein et concentré ? C'est LE match de ta vie, mais tu ne vas pas pour autant changer ta manière de jouer.

**Si tu choisis la réponse A, rends-toi à la page 125.**
**Si tu préfères la réponse B, c'est à la page 128.**

Ton agent te confirme qu'après tes belles performances lors de la Coupe du monde 2006, le Real Madrid et Barcelone sont prêts à te signer !

C'est une nouvelle excitante, et sais-tu qui a joué pour ces deux grands clubs espagnols ? Ton héros d'enfance, Luís Figo ! À choisir, tu préfères le Real. Tu as toujours rêvé de devenir un « Galactique », c'est ta chance… Tu as besoin de prendre un nouveau départ, loin de l'Angleterre, et tu ne peux pas imaginer meilleur endroit pour t'épanouir en tant que superstar. Pour 25 millions de livres, l'affaire est conclue.

Cependant, lorsque tu arrives à Madrid, tu réalises que la Maison blanche[1] est en pleine mutation. Le légendaire meneur, Zinedine Zidane, n'est plus là, et tu fais partie des huit recrues signées cet été-là. Huit ?! Le manager, Fabio Capello, construit un nouveau collectif, et tu n'es qu'une de ses nombreuses options offensives. Comment trouver ta place face à David Beckham, Robinho, Gonzalo Higuaín, José Antonio Reyes, Raúl et le Brésilien Ronaldo ? Impossible !

La première année, ton équipe remporte le titre de champion d'Espagne. Hélas, tu n'as pas souvent l'occasion de montrer tes talents. Peut-être aurais-tu dû rester à Manchester, finalement… Tu espères que ta situation va s'améliorer. Pendant l'été, un nouvel entraîneur est nommé, qui recrute lui aussi plusieurs joueurs.

Tu te donnes une saison supplémentaire pour te faire une place dans le onze de départ, mais voyant que cela ne fonctionne pas, tu t'envoles pour l'Inter Milan. Là, tu remportes le doublé coupe-championnat, avant de rentrer

1. Surnom donné à l'équipe du Real Madrid.

au Portugal pour finir ta carrière. Tu as eu beaucoup de succès, c'est indéniable, mais tu n'es pas tout à fait la superstar dont tu avais rêvé.

**FIN**

Dès le coup d'envoi, tu cours d'un bout à l'autre du terrain comme si ta vie en dépendait. Tu n'as jamais été aussi déterminé à gagner. Lorsque Claude Makélélé tente de te tacler, tu plonges de façon spectaculaire au sol et tu obtiens un coup franc bien placé. Mais au lieu de prendre le temps de te concentrer sur ta frappe, tu te relèves et tu bouscules Makélélé !

L'arbitre te donne un avertissement… et Wayne également.

– Calme-toi ! crie-t-il.

Mais tu ne l'écoutes pas. Quelques minutes plus tard, tu commets une faute stupide sur John Terry et tu reçois un carton jaune. Tu sais que tu es en tort, pourtant, tu viens quand même te plaindre auprès de l'homme en noir.

– Je n'ai rien fait, mens-tu effrontément.

Tu veux tellement bien faire que tu en fais trop. Et au lieu d'aider ton équipe à gagner, tu recommences à jouer tout seul. Tu te mets à dribbler encore et encore jusqu'à en oublier tes partenaires.

– Qu'est-ce que tu fais, bon sang ? crie Ferguson avec rage depuis le bord du terrain. Concentre-toi !

Au lieu de te ressaisir, tu t'enfonces. Juste avant la mi-temps, tu perds un ballon crucial et Chelsea marque en contre-attaque. 1-0 ! Plutôt que de t'excuser pour ton erreur, tu râles sur tes coéquipiers.

– Pourquoi tu n'as pas taclé Lampard ?! cries-tu à Rio Ferdinand.

Ta première finale en Ligue des champions est un véritable désastre.

Au début de la seconde période, tu es victime d'une faute à la limite de la surface de réparation adverse. C'est un coup franc bien placé mais en te relevant, tu laisses échapper ta frustration juste devant l'arbitre. Il n'a pas d'autre choix que de te donner un deuxième carton jaune, synonyme d'exclusion !

La partie est terminée pour toi et tu ne peux t'en prendre qu'à toi-même. Vos chances de remporter la coupe s'envolent avec ta sortie. Chelsea s'impose et tes coéquipiers te regardent avec un mélange de déception et de colère. Tu n'es peut-être pas le meilleur joueur du monde, finalement… Tu restes à United encore quelques années, mais vous ne parviendrez plus à atteindre la finale de la Ligue des champions. C'était ta seule chance. Tu l'as gâchée.

Le cœur lourd, tu rejoins la Juventus, mais le souvenir de cette terrible soirée demeure à jamais gravé dans ta mémoire…

**FIN**

Dès le coup d'envoi, tu mènes l'attaque de Manchester. Tu dribbles jusqu'à l'aile gauche, obligeant Claude Makélélé à commettre une faute. Coup franc ! Chelsea parvient à se dégager, mais tu as pris le meilleur départ possible dans cette rencontre.

Bien que le match soit tendu, tu réussis à garder la tête froide. Quel intérêt aurais-tu à t'énerver ? Cela ne t'aidera pas et ne fera pas gagner United. Alors tu te concentres sur ton objectif : marquer. Un but en finale prouverait à tous que tu sais répondre présent dans les grands moments et ferait de toi une véritable superstar. Mais tu dois rester attentif au jeu et ne pas te laisser aveugler par tes rêves de gloire.

À la 26e minute, Scholes et Wes Brown combinent sur l'aile droite. Quand ce dernier lève les yeux en direction de la surface, il voit ton appel au second poteau. Ton jeu aérien s'est nettement amélioré depuis que tu travailles avec Meulensteen et il est temps de mettre tes nouveaux talents en pratique. Lorsque le centre arrive, tu te détends au-dessus de Michael Essien et, d'un puissant coup de tête, tu propulses le ballon dans le petit filet.

*Buuuuuuuuuuuuuuuuuuuuuuuuuuuuuuuuuuut !!!*

Tu te précipites en direction du poteau de corner, les poings levés. Tu viens d'ouvrir le score dans le match le plus important de la saison de United. C'est officiel, tu es désormais une superstar.

Quelques minutes plus tard, tu manques d'offrir le second but à Carlos Tévez, mais Petr Čech réalise un bel arrêt. Pas de chance ! Puis, juste avant la mi-temps, Chelsea renverse la vapeur et égalise. *Nooooon !* C'est dommage mais pas de panique, le match n'est pas encore terminé.

Malheureusement, en dépit de tes efforts, tu ne parviens pas à renouveler l'exploit. Le score reste de 1-1 au terme du temps réglementaire et de la prolongation. Le sort de la finale de la Ligue des champions se décidera donc aux penaltys. United compte sur toi pour prendre un des tirs, et tu es prêt à assumer cette responsabilité. Tu es le troisième à t'élancer… et tu rates ! *Nooooon !*

Tu te saisis immédiatement la tête à deux mains : pas ça, pas aujourd'hui, pas maintenant, pas après tout ce que tu as fait ! Mais tu n'as pas le temps de t'apitoyer sur ton sort, tu retournes dans le rond central pour encourager tes partenaires : allez, Owen ! Allez, Nani ! Tous deux marquent et heureusement pour toi, John Terry manque son tir pour Chelsea. Place à la mort subite… la tension est à son comble !

« Allez, les gars, on va gagner ! » cries-tu, et l'exploit vient finalement du gardien : Edwin Van der Sar bloque la frappe de Nicolas Anelka ! C'est fini, Manchester United est sur le toit de l'Europe ! Tandis que tes coéquipiers se congratulent et dansent sous la pluie, tu t'assois dans l'herbe. De nombreuses émotions te traversent mais ce qui domine à cet instant, c'est la joie et le soulagement. Tu t'allonges dans le rond central et tu commences à pleurer. Tu as réussi… tu as réalisé ton rêve !

– Relève-toi, on a gagné ! te lance Gary.

Tu te redresses pour partager ce moment incroyable avec tes partenaires. Ton penalty manqué est déjà oublié : après tout, c'est toi qui as ouvert le score. Tu es un héros pour le public mancunien, une véritable superstar, et tu as désormais remporté la Ligue des champions.

Et maintenant ? Une fois remis de toutes tes émotions, tu commences à penser à l'avenir. Que te reste-t-il à accomplir à Old Trafford ? Tu as tout gagné et il est temps pour toi de passer à autre chose. Dans les journaux, les rumeurs vont bon train… La presse te verrait bien au Real Madrid. Tu as toujours voulu devenir un « Galactique » comme ton héros d'enfance Luís Figo, alors qu'attends-tu ?

Finalement, tu décides de rester une saison de plus à Manchester. Tu remportes un troisième titre de Premier League et une deuxième Cup, mais tu perds en finale de la Ligue des champions face au FC Barcelone de Lionel Messi. Il est ton rival numéro 1 pour le Ballon d'or, et cette défaite te fait vraiment mal. Au cours de l'été, le Real Madrid t'approche à nouveau et cette fois, ils te font une offre difficile à refuser. Ils sont persuadés que tu es LA superstar dont ils ont besoin pour égaler le Barça de Messi.

**LE MOMENT EST VENU DE PRENDRE UNE DÉCISION.**

**Est-ce que… :**

A) … tu fais tes adieux à Manchester pour rejoindre le Real ? Tu te souviendras toujours des beaux et grands moments vécus à United, mais un nouveau défi t'attend. Tu gagneras plus d'argent au Real et tu pourras prendre ta revanche sur Messi.

**Ou :**

B) … tu refuses l'offre du Real pour continuer avec United ? Le temps à Manchester n'est pas aussi ensoleillé qu'à Madrid, mais tu t'y sens bien aux côtés de Wayne en attaque. C'est l'endroit parfait si tu veux devenir le meilleur joueur du monde, devant Messi.

**Si tu choisis la réponse A, rends-toi à la page 136.**

**Si tu préfères la réponse B, va à la page 133.**

Ferguson est ravi d'apprendre que tu as décidé de prolonger ton contrat avec Manchester United, tout comme les fans et les joueurs. Comment pourraient-ils gagner tous ces trophées, sans toi ?

– Allez, et si on remportait de nouveau la Ligue des champions ? te lance Wayne Rooney avec un grand sourire sur le visage.

C'est exactement ce que tu avais en tête !

Tu inscris le but de la victoire contre le Bayern Munich en quarts, puis Wayne et toi marquez deux fois chacun face à Lyon en demi. Quel duo d'enfer ! United est de nouveau en finale mais cette fois, vous n'affronterez pas le Barcelone de Messi. Ils se sont inclinés contre l'Inter Milan de José Mourinho – une équipe très bien organisée et difficile à battre. Manchester compte sur toi pour faire la différence…

Au milieu de la première mi-temps, tu t'élances en attaque et tu effaces Maicon d'un superbe passement de jambes. À l'approche de la surface de réparation adverse, tu fais semblant de faire une passe à Wayne, avant finalement de tenter ta chance en solo. Tu frappes, Júlio César se détend mais il ne peut rien faire ! Le ballon file en lucarne.

*Buuuuuuuuuuuuuuuuuuuuuuuuuuuuuuuuut !!!*

Quel coup de génie ! Quelle superstar ! Désormais, plus personne ne pourra en douter. Tu te tiens là, devant la foule en délire, comme un superhéros. Grâce à ce but, United gagne un nouveau trophée : te voilà double champion d'Europe ! Tu remportes également un second Ballon d'or.

Après la finale, Ferguson prend sa retraite et les choses commencent à décliner. Ce n'est plus pareil, sans lui, et les résultats de l'équipe s'en ressentent. Chelsea vous dépasse ainsi que le rival local, Manchester City. Tu fais de ton mieux pour ramener le club au sommet, mais c'est peine perdue. Tu finis par faire tes adieux à United et tu retournes jouer au Portugal, où a débuté ta brillante carrière.

**FIN**

United va te manquer, mais le moment est venu pour toi de te lancer dans une nouvelle grande aventure en Espagne. Le Real Madrid tente de te signer depuis plusieurs années et cette fois, ils ont mis les moyens… Avec près de 94 millions d'euros, tu es devenu le footballeur le plus cher du monde. Tu es un Galactique, une superstar du Real, comme tu l'as toujours rêvé.

Waouh, quel accueil ! Le stade Bernabéu est plein à craquer. Tous les supporters sont venus pour assister à ta présentation. Lorsque tu pénètres sur le terrain, avec la tenue officielle du club, le public se met à chanter ton nom :

*RONALDO ! RONALDO ! RONALDO !*

Tu salues la foule d'un signe de la main, tu lèves les pouces en l'air ; tu as vraiment la sensation d'être une superstar ! Raúl, le capitaine, porte déjà le numéro 7, alors tu te rabats sur le 9, qui appartenait à une autre légende madrilène : Alfredo Di Stéfano. L'Argentin est le meilleur marqueur de l'histoire du Real avec 308 buts, mais tu penses pouvoir le battre. Une fois dans le rond central, tu prononces un petit discours :

– Merci à tous, je suis content d'être parmi vous aujourd'hui ! J'ai toujours voulu jouer pour ce club et ce rêve est devenu réalité : je suis un Galactique. *Hola* Madrid !

La réaction des fans ne se fait pas attendre. Ils applaudissent à tout rompre et rugissent comme si tu étais une pop star interprétant son plus grand succès. L'atmosphère à Old Trafford était chaleureuse, mais tu sens qu'à Santiago-Bernabéu, ce sera encore plus fort. Tu vas t'amuser, c'est sûr. Après avoir enchaîné quelques jonglages, tu embrasses l'écusson du club. Tu as hâte de faire tes débuts sur le terrain. Tu veux tout vivre ici, tout gagner !

Florentino Pérez, le président du Real Madrid, souhaite bâtir une équipe capable de rivaliser avec le Barcelone de Leo Messi. Tu es l'une des quatre recrues avec Xabi Alonso au milieu, Kaká en meneur et Karim Benzema aux avant-postes. Pas mal ! Et ça, ce ne sont que les nouvelles têtes, le Real compte déjà dans ses rangs le gardien Iker Casillas, Sergio Ramos, Pepe et Marcelo en défense, et Gonzalo Higuaín et Raúl en attaque. Avec autant de talents, vous avez tout pour remporter le championnat d'Espagne et la Ligue des champions.

La pression est à son maximum, mais tu en as vu d'autres. À tout juste 24 ans, tu as gagné trois fois la Premier League, une Ligue des champions et un Ballon d'or. Aussi, pour tes débuts sous le maillot blanc du Real, pour ton premier match de Liga, tu débordes d'assurance et tu es déterminé à marquer ton premier but.

À l'approche de la mi-temps, le score est de 1-1 face au Deportivo La Corogne. C'est insuffisant : ici, seule la victoire compte. Sur l'action suivante, Lassana Diarra passe à Raúl, qui est fauché par le gardien. Penalty ! Il a beau être le capitaine et avoir mérité de se faire justice, il te laisse le tirer. Après quelques pas hésitants, tu envoies le ballon dans le petit filet.

*Buuuuuuuuuuuuuuuuuuuuuuuuut !!!*

Tu as peut-être changé d'équipe, mais tu es toujours une superstar – et tu le prouves ! Tu lèves ton poing avec détermination pendant que tes partenaires se précipitent pour te féliciter. Tu entends à peine ce qu'ils te disent car leurs voix sont couvertes par le rugissement des tribunes, qui acclament leur nouveau héros. C'est encore plus fou que tout ce que tu avais imaginé.

Tu marques cinq buts lors de tes cinq premiers matchs pour un total de cinq victoires. C'est un super début, mais vous êtes au coude à coude avec le FC Barcelone en tête du classement. C'est malheureusement à ce moment-là que tu te blesses à la cheville… *Nooooon !* Le timing ne pourrait pas être pire… Juste au moment où tu te sentais au pic de ta forme. C'est tellement frustrant de regarder son équipe jouer depuis les tribunes, surtout la semaine suivante quand elle est menée 2-1 contre Séville. Si tu avais été sur le terrain, tu les aurais aidés à refaire leur retard !

Tu essaies malgré tout de ne pas trop y penser. Au lieu de cela, tu travailles dur pour revenir à ton meilleur niveau et tu comptes les jours jusqu'à ton retour. C'est important pour toi d'avoir un objectif en tête : ce sera le 29 novembre pour la rencontre face à Barcelone. Il faut que tu sois en pleine forme pour ton tout premier Clásico !

Le jour du match arrive et première bonne nouvelle : tu es titulaire ! Super ! Ça fait du bien d'être de retour au sein du groupe. Tu attends avec impatience ton duel avec Messi. Sauras-tu créer l'étincelle de magie qui donnera la victoire au Real ? En première mi-temps, Kaká t'offre une magnifique occasion de but, mais Victor Valdés s'interpose et dévie le ballon au-dessus de la barre transversale. Tu te prends la tête à deux mains. Si près et pourtant si loin ! C'est le genre d'action qui ne se rate pas, d'ordinaire, tu en as conscience… et c'est la meilleure occasion que tu auras. À la 65e minute, l'entraîneur décide de te faire sortir. Comme tu reviens de blessure, tu n'es pas encore prêt à jouer quatre-vingt-dix minutes.

Sur le terrain, les Barcelonais s'imposent sur une superbe volée de Zlatan Ibrahimović. *Au moins, ce n'est pas Messi*, penses-tu depuis le banc de touche. Tu es déçu que ton premier Clásico se termine sur une défaite. Barcelone n'a que deux points d'avance au classement, mais tu as la sensation d'avoir laissé passer l'opportunité de reprendre la tête. En tant que superstar, tu le vis comme un échec personnel.

– Je dois me rattraper, murmures-tu.

Le plus souvent, ta détermination te permet d'atteindre tes objectifs, mais il arrive aussi qu'elle t'attire des ennuis. Face à Almería, tu célèbres ton but en enlevant ton maillot, ce qui te vaut un premier carton jaune. Puis, trois minutes plus tard, tu en reçois un deuxième pour un mauvais geste sur un défenseur. Tu es exclu du terrain !

C'est une erreur stupide qui te prive en plus du prochain déplacement à Valence. Tu t'excuses auprès de tes partenaires et tu leur promets que cela ne se reproduira plus… Malheureusement, deux mois après, alors que ton équipe mène confortablement grâce à deux de tes buts, tu perds à nouveau ton sang-froid. Carton rouge, auquel s'ajoute une suspension pour deux matchs.

– Tu dois apprendre à contrôler tes nerfs, te dit Manuel

Pellegrini, ton entraîneur, après la rencontre. Les défenseurs font tout pour t'échauffer et tu te fais avoir à chaque fois !

## LE MOMENT EST VENU DE PRENDRE UNE DÉCISION.

**Est-ce que… :**

A) … tu ignores l'avertissement de ton entraîneur et continues comme si de rien n'était ? Tu joues bien, et c'est ton esprit compétitif qui fait de toi un tel gagnant.

**Ou :**

B) … tu écoutes ton entraîneur et tu essaies de te calmer ? Tu dois pouvoir conserver ton incroyable envie de gagner sans tout le temps t'attirer des ennuis.

**Si tu optes pour la réponse A, rends-toi à la page 143.**
**Si tu préfères la réponse B, c'est à la page 146.**

Sitôt ta suspension terminée, tu reviens en force. Tu es déterminé à réparer ton erreur et tu marques quatre buts lors des quatre matchs suivants. Vous n'êtes plus qu'à deux longueurs de Barcelone au classement.

– Allez, on peut encore gagner le titre ! lances-tu à tes partenaires avec confiance.

Hélas, ton tempérament prend de nouveau le dessus et cette fois, les conséquences sont bien plus graves. Le Real s'incline 1-0 à domicile contre Séville après que tu as reçu un deuxième carton jaune pour avoir discuté avec l'arbitre. Ton équipe évolue à dix pendant la majeure partie de la deuxième mi-temps pour finir sur un 3-0 un peu sévère.

Tu es suspendu pour le match d'après et tes partenaires concèdent le nul à l'extérieur contre le Real Valladolid (1-1). Dans le même temps, Barcelone s'impose face à Valence, 3-0, grâce à un triplé de Leo Messi.

Le titre s'éloigne et les supporters du Real sont furieux. Ils t'en veulent... Tu marques beaucoup de buts, c'est sûr, mais ton manque de discipline coûte cher à l'équipe. Manuel Pellegrini aussi en a assez de tes écarts de conduite. Il décide d'aligner Karim Benzema et Gonzalo Higuaín à ta place. Eux, au moins, on peut leur faire confiance pour garder leur sang-froid. Tu assistes au reste de la saison depuis le banc. Tu vois les deux nouveaux attaquants vedettes du Real battre le FC Barcelone et remporter le titre de champion d'Espagne. Tu participes aux festivités, mais tu n'as pas la sensation de mériter cette médaille.

Pendant l'été, le Real Madrid recrute deux milieux de terrain offensifs, Mesut Özil et Ángel Di María, ainsi que deux avants, Emmanuel Adebayor et un jeune Brésilien très en vue : Neymar.

Et toi ? Auras-tu du temps de jeu cette saison ? La réponse est non. L'AC Milan offre 55 millions d'euros pour te signer et le Real Madrid accepte. Tu remportes de nombreux trophées en Italie, mais ça n'a pas la même saveur qu'au Real. Ton rêve ne s'est pas tout à fait réalisé.

**FIN**

Une fois que tu as purgé ta suspension, tu rentres dans le rang et tu te concentres sur ce que tu sais faire de mieux : marquer des buts. Lorsque ton équipe est menée 2-0 dans le match suivant, tu gardes ton calme pour ne pas te faire exclure à nouveau. Mais ce n'est pas tout : tu montres l'exemple en réduisant l'écart et le Real s'impose finalement 3-2 après une incroyable remontée. Ce résultat vous permet de retrouver le haut du tableau, à égalité de points avec le FC Barcelone.

– Le titre est à portée de main, on peut finir premiers, lances-tu à tes partenaires sur un ton confiant.

Ils t'ont pardonné. Ils voient sur le terrain que tu as retenu la leçon et ils comptent désormais sur toi pour les mener à la victoire. Tu ne termines jamais une rencontre sans avoir marqué un but ou réalisé une passe décisive, et souvent les deux. Tu es au top de ta forme mais malheureusement, Messi aussi. Barcelone et le Real Madrid sont à égalité avec 77 points chacun, avant le match retour. Et cette fois, vous jouez à domicile. Tous les regards sont tournés vers toi. Sauras-tu te montrer à la hauteur et prouver que tu es le meilleur du monde ?

Tu peines à entrer dans la partie. L'arrière central du FC Barcelone, Carles Puyol, te marque de près et tu as beau multiplier les appels, le ballon parvient rarement jusqu'à toi. Messi, en revanche, occupe le devant de la scène. À la 32e minute, tu assistes impuissant, depuis la ligne médiane, au premier but du Barça après un une-deux incroyable avec Xavi. Tu ne peux pas rester les bras ballants, tu dois réagir !

Au début de la deuxième mi-temps, tu te procures enfin une occasion. Tu es sur ton mauvais pied, mais il est presque aussi efficace que le bon. *BANG !* Ta frappe est forte mais elle file droit sur le gardien, qui se fend d'un arrêt facile. *Nooooon...*

Quelques minutes plus tard, les Barcelonais sont à l'attaque… et ils marquent à nouveau. Tes rêves de titre s'envolent. Tu es dévasté. Vous avez travaillé si dur, toute la saison, avec tes coéquipiers… Et au moment crucial, vous avez perdu.

Tu termines ta première année au Real Madrid avec 26 réalisations au compteur. C'est un très bon total, mais qui reste inférieur de 8 buts à celui de Messi, qui a également remporté la Liga et le Ballon d'or 2010. Il a vraiment été au-dessus… mais tu n'as pas dit ton dernier mot.

Sitôt la saison finie, tu te projettes déjà dans la suivante. Tu es déterminé à prendre ta revanche sur Messi et le FC Barcelone, tout comme ton nouvel entraîneur : José Mourinho. Il recrute Ricardo Carvalho, ton partenaire en sélection, pour renforcer la défense, puis Ángel Di María et Mesut Özil pour ajouter plus de créativité en attaque.

Toutefois, pas d'inquiétude : tu restes la superstar de l'équipe et tes statistiques le prouvent. Après neuf matchs, tu as déjà inscrit onze buts et fait six passes décisives, ce qui est bien plus que Messi. Surtout, le Real a un point d'avance au championnat à l'approche du Clásico. Ton bilan est pour l'instant de deux échecs en deux rencontres et tu aimerais épargner un triplé aux supporters. Malheureusement, au terme d'une partie tendue, tu ne parviens pas à éviter à ton équipe une défaite humiliante…

Xavi réalise un petit lob au-dessus de Casillas. 1-0 !

Pedro frappe au second poteau. 2-0 !

Messi lance David Villa qui réalise un doublé. 3-0, 4-0 !

Jeffrén reprend un centre dans la surface. 5-0 !

Tu n'en crois pas tes yeux. Barcelone est une très bonne équipe, mais vous leur rendez la tâche trop facile ! À chaque but, ta frustration grandit. Pourquoi ne parvenez-vous pas à leur tenir tête ? Êtes-vous condamnés à jouer les seconds rôles en Liga ?

## LE MOMENT EST VENU DE PRENDRE UNE DÉCISION.

**Est-ce que… :**

A) … tu utilises ta rivalité avec Messi et le FC Barcelone pour vous pousser, ton équipe et toi, à vous dépasser ? Tu veux gagner, c'est évident, mais tu dois d'abord tirer les leçons de tes erreurs et te concentrer pour devenir un meilleur joueur.

**Ou :**

B) … tu canalises toute ton énergie sur un seul et unique objectif : battre Lionel Messi et Barcelone ? Tu deviens obsédé par l'idée de gagner le prochain Clásico et de terminer meilleur buteur de la Liga. Rien d'autre n'a désormais d'importance.

**Si tu choisis la réponse A, rends-toi à la page 154.**
**Si tu préfères la réponse B, va à la page 151.**

Tu comptes les jours et les mois jusqu'à ta revanche. Tu n'as que cette idée en tête, même lorsque tu affrontes d'autres clubs. Tu continues à scorer, mais tu le fais moins pour remporter des matchs que pour battre Messi au classement des buteurs. Chaque fois qu'une occasion de tir se présente, tu la saisis, même si un coéquipier est en meilleure position pour conclure. Tu ne penses plus à faire des passes ou à défendre.

Grâce à deux triplés consécutifs contre Getafe et Villarreal, tu totalises 22 réalisations, soit quatre de plus que ton rival. Cependant, vous ne parvenez pas à obtenir mieux qu'un nul lors de ces deux rencontres. Vous vous retrouvez donc à six points de votre ennemi juré… la dégringolade continue. Pourtant, tout ce qui t'intéresse, c'est de battre Barcelone à domicile. Et ton vœu est exaucé !

Lors du second Clásico, le Real s'impose 1-0 et c'est toi qui marques sur penalty. Génial, vous avez enfin gagné ! Tu célèbres cette victoire comme si tu venais de remporter le championnat, mais c'est bien les Barcelonais qui finissent la saison en tête. Tu termines meilleur buteur avec 45 réalisations, mais le Real se place quatrième derrière Valence et Villarreal.

Pendant l'été, Mourinho est licencié et le nouvel entraîneur, Jürgen Klopp, n'a que peu d'intérêt pour un attaquant égoïste et obsédé par ses statistiques. Il veut quelqu'un qui travaille pour l'équipe, que ce soit contre le FC Barcelone ou contre n'importe quel autre club.

Après une mauvaise saison sur le banc, tu quittes l'Espagne et tu retournes en Angleterre où tu rejoins Chelsea. Malgré cela, ton esprit reste fixé sur Leo Messi et Barcelone, et tu es donc ravi quand le tirage au sort désigne l'équipe catalane comme votre prochain adversaire en Ligue des champions. Mais tu n'es plus le même joueur qu'avant et vous vous inclinez 3-0, avec deux buts de Messi.

Malheureusement, ton obsession pour ce duel au sommet ne t'a pas tiré vers le haut. Au contraire, en te concentrant là-dessus plutôt que sur ton jeu, tu t'es écarté du top niveau…

**FIN**

Difficile d'oublier la raclée infligée par le FC Barcelone, mais la saison continue et tu n'as pas le temps de t'apitoyer sur ton sort. L'important, c'est de tirer les leçons de cet échec et d'avancer.

Collectivement, vous devez apprendre à mieux défendre et à garder la tête froide dans les grands rendez-vous. Face à l'enjeu, vous avez tendance à perdre de vue votre objectif. D'un point de vue individuel, il faudrait que tu ressembles un peu plus à Messi. Quand son équipe a le plus besoin de lui, il sait faire la différence sur un éclair de génie. Avec toutes tes qualités, il est temps que tu commences à faire de même au Real Madrid. Et dès la rencontre suivante, face à Valence, tu marques deux buts – un du pied gauche, un du droit.

– C'est ça qu'on veut ! cries-tu, laissant échapper toute ta frustration.

Tout le reste de la saison, tu t'efforces d'aider le Real Madrid à gagner le plus de matchs possible, que ce soit grâce à un triplé contre Villarreal ou en offrant une passe décisive à Marcelo face à l'Espanyol. C'est une belle performance collective et, même si vous ne parvenez pas à rattraper votre retard sur Barcelone dans la course au titre, vous jouez de mieux en mieux. Tu termines l'année avec deux buts et quatre passes décisives lors de la victoire fleuve 8-1 contre Almería, et tu te sens optimiste pour l'avenir.

– L'an prochain, la Liga nous tend les bras ! assures-tu à tes coéquipiers.

Tu n'auras pas de répit tant que tu n'auras pas atteint ton objectif. Lors de la première journée de la saison 2011-2012, tu marques un triplé face à Saragosse, et le Real s'impose 6-0. Dans le même temps, Messi réalise un doublé et une passe décisive contre Villarreal pour un score final de 5-0. Le duel au sommet continue ! Mais le plus important pour toi, avant le Ballon d'or, ce sont les résultats de l'équipe. Tu te sers de ta rivalité avec Messi pour te tirer vers le haut. Dans les grands matchs, tu fais la différence, comme lors du derby face à l'Atlético, avec deux buts et une passe décisive pour Ángel Di María. Bon, OK, vous perdez de nouveau contre Barcelone au Camp Nou mais cette fois, vous restez tous concentrés sur l'essentiel et vous enchaînez avec onze victoires consécutives. Cela porte votre avance en tête du classement à dix longueurs.

Le titre est probablement déjà acquis, mais tu ne te relâches pas pour autant, afin d'éviter toute mauvaise surprise. 4-1 face à l'Atlético de Madrid, 3-1 à domicile contre le Sporting Gijón et… 2-1 à Barcelone ! Tu savoures ta vengeance, surtout après avoir marqué le but de la victoire dans les derniers instants !

*Buuuuuuuuuuuuuuuuut !!!*

Après deux nouveaux succès, c'est officiel : le Real remporte la Liga ! Quelle saison incroyable, quelle aventure collective ! Tu fêtes cela au stade Santiago-Bernabéu avant de parcourir Madrid dans un bus à ciel ouvert. Félicitations ! Messi termine meilleur buteur et Ballon d'or, mais tu as atteint l'objectif que tu convoitais : la Liga.

Bon, et maintenant ? C'est la question qui te vient à l'esprit sitôt l'excitation du titre retombée. Tu rêves de remporter une deuxième Ligue des champions, qui s'ajouterait à celle que tu as gagnée à Manchester United. C'est ambitieux, pour toi comme pour le club, car le Real Madrid attend cette consécration depuis dix longues années. Ces deux dernières saisons, l'équipe s'est hissée jusqu'en demi-finale, avant d'être sortie d'abord par Barcelone, puis par le Bayern Munich.

– On ne peut pas accepter que cela se reproduise, annonces-tu au début de la saison 2012-2013. Cette année, nous irons jusqu'au bout !

Tu permets au Real de survivre au « groupe de la mort » avec le Borussia Dortmund, l'Ajax et Manchester City, avant de passer la seconde lors des éliminatoires. Tu marques deux buts face à ton ancien club, Manchester United, en huitièmes, puis trois contre Galatasaray en quarts.

Vous vous qualifiez de nouveau pour les demi-finales de la Ligue des champions... et au moment le plus important, l'équipe retombe dans ses travers. En Allemagne, Dortmund vous écrase 4-1, et vous ne parvenez à gagner que 2-0 à domicile. *Nooooon !* Malgré tous tes efforts, l'histoire se répète...

Pendant l'été, Mourinho quitte le club et retourne à Chelsea. Un soir, il t'appelle et te propose de le rejoindre à Londres.

– Ensemble, nous pouvons remporter la Ligue des champions, conclut-il avec confiance.

## LE MOMENT EST VENU DE PRENDRE UNE DÉCISION.

**Est-ce que… :**

A) … tu acceptes et signes à Chelsea ? Tes coéquipiers et toi avez essayé et échoué à trois reprises de remporter la Ligue des champions. Ça ne fonctionne pas, il est temps d'aller tenter ta chance ailleurs.

**Ou :**

B) … tu refuses et restes au Real Madrid ? Ce n'est pas ton style de baisser les bras. Tu as promis à tes coéquipiers que vous gagneriez la Ligue des champions ensemble et c'est exactement ce que vous allez faire.

**Si tu choisis la réponse A, rends-toi à la page 159.**

**Si tu préfères la réponse B, c'est à la page 162.**

Quel bonheur d'être de retour en Angleterre – même si tu portes désormais un maillot bleu plutôt qu'un rouge ! Aux côtés d'Eden Hazard et d'Oscar, tu permets à Chelsea de passer devant Manchester City et Liverpool, et de remporter la Premier League. Pour autant, ce quatrième titre n'a pas la même saveur, car ce n'est plus ton objectif numéro 1. Ce que tu vises, maintenant, c'est la Ligue des champions.

Les signaux sont au vert : vous êtes en tête de votre groupe devant Galatasaray et le PSG, et vous vous qualifiez à nouveau pour une demi, cette fois, face à l'Atlético. Tu as un bon historique offensif, mais Mourinho décide de jouer la sécurité à l'extérieur.

Vous devez vous contenter d'un match nul, et il ne vous reste plus qu'à gagner au retour à Stamford Bridge. Lorsque tu donnes l'avantage à Chelsea en début de rencontre, tu as la sensation de toucher la finale du bout des doigts. Mais, juste avant la mi-temps, l'Atlético riposte. Adrián marque le premier but, Diego Costa un deuxième, et Arda Turan, un troisième. OK… à vingt minutes du terme, c'est comme si vous étiez déjà éliminés. Tu réduis l'écart mais, ensuite, la défense de l'Atlético tient bon. Pour la quatrième année consécutive, tu t'inclines en demi-finale de la Ligue des champions.

Vous réessayez l'année suivante mais, cette fois, vous échouez face au PSG en huitièmes. Suite à cette déconvenue, ta situation est rendue difficile à Chelsea. Tu te disputes avec Mourinho et quand il est limogé, le nouvel entraîneur, Pep Guardiola, décide de construire une équipe plus jeune dont tu ne fais pas partie. Après une autre saison à Stamford Bridge, tu dis au revoir à l'Angleterre et tu rejoins Naples pour y conclure ton incroyable carrière. Tu mènes ton club à son premier titre de Serie A depuis

Diego Maradona, mais tu ne parviens pas à ajouter une Ligue des champions à celle que tu avais obtenue avec Manchester United.

**FIN**

Tu ne vas nulle part – ta famille est installée à Madrid et tu aimes ton club. En plus, le nouvel entraîneur du Real, Carlo Ancelotti, partage ton envie de remporter la Ligue des champions. Il l'a déjà gagnée deux fois avec l'AC Milan, et il rêve d'une troisième consécration… Pour cela, il aura besoin de ton aide. Le Real vient de signer Gareth Bale, qui évoluait à Tottenham, pour 101 millions d'euros, mais tu restes LA superstar de l'équipe.

Tu le prouves en inscrivant neuf buts lors de la phase de groupes, et quatre autres en huitièmes contre Schalke. Plus rien ne t'arrête ! En quarts, vous retrouvez le Borussia Dortmund, qui vous avait éliminés l'an dernier ; mais cette fois, vous les battez 3 à 2 sur l'ensemble des deux matchs, et vous vous hissez ainsi jusqu'en demi où vous rencontrerez le Bayern Munich.

Karim Benzema marque l'unique but de la partie à l'aller, à domicile. Un maigre avantage avant le retour en Allemagne. Parviendrez-vous à conserver votre avance et à vous qualifier pour la finale de la Ligue des champions ?

Eh oui ! Tes partenaires et toi avez retenu la leçon de vos échecs précédents. À Munich, vous réalisez une performance de très haut niveau. Vous menez 3-0 à la mi-temps, grâce à deux buts de Sergio Ramos et un de toi. Puis tu scelles la victoire de ton équipe d'un coup franc fantastique à la toute dernière minute. Vous êtes en… FINALE !

Maintenant, vous devez aller jusqu'au bout et gagner la compétition. L'adversaire sera le club voisin et néanmoins rival de l'Atlético de Madrid. Ils viennent de remporter le championnat d'Espagne et ils rêvent de faire le doublé. Mais vous n'allez pas les laisser faire, hors de question !

Hélas, à quelques secondes du terme, l'Atlético mène 1-0. Juste au moment où la victoire semble s'envoler, Sergio Ramos égalise et envoie les deux équipes en prolongations. Ouf ! À partir de là, plus rien ne vous arrête. Gareth Bale vous donne l'avantage de la tête (2-1), puis tu offres une passe décisive à Marcelo, et tu conclus d'un penalty.

*Buuuuuuuuuuuuuuuuuuuuuuut !!!*

Tu ne rêves pas, tu vas remporter la Ligue des champions ! Tu fêtes cela en enlevant ton maillot et en courant jusqu'au poteau de corner crier ta joie face aux tribunes.

Tu rentres à Madrid en héros. Que te reste-t-il à accomplir ? Tu as déjà gagné deux Ballons d'or, mais il t'en faut un de plus ; idem pour la Ligue des champions, maintenant que tu en as deux à ton palmarès, tu en veux une troisième. Tu aimes les défis, c'est ta façon de vivre le football.

L'année suivante, vous vous inclinez contre la Juventus en demi mais, en 2016, vous retrouvez la finale face aux mêmes adversaires que la dernière fois : l'Atlético de Madrid ! En revanche, le scénario s'inverse : vous inscrivez les premiers et l'Atlético égalise en fin de rencontre. Cependant, vous ne parvenez pas à vous départager pendant les prolongations. Il faudra donc attendre les penaltys... Vous êtes à 3-3 après six tirs, quand Sergio Ramos marque pour le Real et Juanfran manque le sien. C'est à ton tour... Si tu réussis, tu offriras la victoire à ton équipe. La pression sur tes épaules est immense, mais tu as l'habitude. Tu t'élances et… tu prends le gardien à contre-pied !

*Buuuuuuuuuuuuuuuuuuuut !!!*

Tu viens de réaliser un nouvel exploit ! Tu retires ton maillot et tu le jettes sur le côté. Trois Ligues des champions, quelle superstar ! Tu as accompli tant de choses ! Tu n'as pourtant que 31 ans… De quoi peux-tu rêver de plus ?

– Prends le temps de souffler… te suggèrent tes amis et ta famille. Profite de ce nouveau succès. Évoluer au plus haut niveau est vraiment usant, il est peut-être temps pour toi de partir vers d'autres horizons. Il existe de nombreux clubs en Chine ou aux États-Unis qui seraient prêts à te payer beaucoup d'argent pour jouer dans leurs championnats moins cotés !

## LE MOMENT EST VENU DE PRENDRE UNE DÉCISION.

**Est-ce que… :**

A) … tu quittes le Real Madrid pour jouer à un niveau inférieur ? Tu as tout gagné en Europe, alors pourquoi ne pas aller promouvoir le football en Chine ? Cela te donnera aussi plus de temps pour travailler sur tes autres centres d'intérêt, comme ta marque de vêtement, CR7.

**Ou** :

B) … tu restes au Real Madrid pour tenter de remporter de nouveaux trophées ? Tu n'es pas le genre de joueur à te reposer sur tes lauriers ; tu as besoin de défis. Bien sûr, tu as déjà réalisé beaucoup d'exploits, mais il t'en reste encore à accomplir, comme mener le Portugal à la victoire lors de l'Euro 2016…

**Si tu choisis la réponse A, rends-toi à la page 167.**

**Si tu préfères la réponse B, alors va à la page 170.**

Tu signes au Shanghai SIPG, qui vient de terminer deuxième de la Super League chinoise. Tu es le plus gros transfert de l'histoire du pays et tout le monde est impatient de te voir jouer. À ton arrivée à l'aéroport, tu es accueilli par des milliers de supporters qui portent tous les couleurs rouges du club, et qui veulent tous prendre des photos avec toi. Waouh, tu savais que tu étais une superstar, mais pas à ce point !

Déménager en Chine, c'est une sacrée aventure, mais tu auras au moins la chance d'être entouré de gens qui parlent la même langue que toi. L'entraîneur, André Villas-Boas, est portugais, et tu évolueras aux côtés de deux joueurs brésiliens : Elkeson et Hulk. Ils t'accueillent chaleureusement et t'aident à te sentir chez toi. Tu as hâte de commencer ta carrière en Chine, mais tu dois d'abord aller en France pour disputer l'Euro 2016 avec le Portugal.

C'est probablement ta dernière chance de remporter un titre en sélection. Tu as perdu en finale de l'Euro 2004, puis tu as atteint les demi de la Coupe du monde 2006 mais depuis, les résultats n'ont pas été brillants. Cette fois, tu espères faire vivre de belles émotions aux supporters. Malheureusement, ton équipe connaît des débuts difficiles avec deux nuls décevants contre l'Islande et l'Autriche. Qu'est-ce qui ne va pas ? Tu es censé être la superstar du Portugal, mais tu n'as pas encore marqué de but. Depuis que tu sais que tu vas aller en Chine, tu as perdu un peu de ta concentration et de ton esprit compétitif.

Il vous reste une chance de vous qualifier pour les huitièmes, si vous battez la Hongrie. Hélas, en début de seconde période, vous êtes menés 2-1. Vous parvenez à égaliser mais la Hongrie marque dans la minute qui suit. 3-2 ! Tu donnes tout ce que tu as, mais ça ne rentre pas… Pour finir, c'est une nouvelle élimination embarrassante pour le Portugal…

Tu te concentres désormais sur ton club, le Shanghai SIPG et, bonne nouvelle, tu es rejoint par ton ancien partenaire au Real Madrid et en équipe nationale : Ricardo Carvalho. Avec lui en défense, plus Hulk et toi en attaque, vous ne pouvez pas perdre ! D'ailleurs, vous ne concédez aucune défaite cette année-là. Le Shanghai SIPG établit plusieurs records, notamment le plus grand nombre de points jamais enregistrés (80) et le plus grand nombre de buts marqués (102). Tu en as inscrit 62, ce qui te vaut le Soulier d'or et le titre de joueur de l'année, en plus de gagner la Super League chinoise.

Tu remportes 4 titres de champion d'affilée pour un total de 232 buts au moment de prendre ta retraite sportive. Tu as eu une carrière incroyable, mais il est temps maintenant de te concentrer sur ta marque de vêtements, CR7, qui connaît un énorme succès en Chine.

**FIN**

Tu as remporté tellement de trophées tout au long de ta carrière ! Un championnat d'Espagne, deux coupes d'Espagne, trois titres de Premier League, trois coupes d'Angleterre, trois Ligues des champions et trois Ballons d'or. Pourtant, tu donnes toujours l'impression qu'il te manque encore quelque chose. Et ce quelque chose, c'est un titre avec le Portugal.

Tu as perdu en finale de l'Euro 2004, puis tu as atteint le dernier carré de la Coupe du monde 2006 ; mais depuis, les résultats n'ont pas été brillants. Cette fois, tu espères faire vivre de belles émotions aux supporters. En tant que capitaine, c'est à toi de mener ta sélection jusqu'à la victoire. Cependant, après deux nuls décevants contre l'Islande et l'Autriche, les choses paraissent bien mal engagées... Tu es censé être la superstar du Portugal, mais tu n'as pas encore marqué de but. Il vous reste une chance de vous qualifier pour les huitièmes en obtenant au minimum le match nul contre la Hongrie.

Le suspense est insoutenable... Comme tu l'as fait à de nombreuses reprises tout au long de ta carrière, tu réponds présent quand ton équipe a le plus besoin de toi. Lorsque la Hongrie marque, tu es là pour riposter, en commençant avec une passe décisive pour Nani. 1-1 ! En deuxième mi-temps, tu ajoutes deux buts à ton compteur. Le premier, d'une pichenette, et le second d'une superbe tête. 3-3 ! Tu as sauvé ton équipe et tu l'as aidée à se qualifier pour le prochain tour. Que ferait le Portugal sans toi ?

Le groupe n'est pas encore au top de sa forme, mais vous parvenez quand même à battre la Croatie en huitièmes. Cette fois, c'est ton ancien partenaire du Sporting, Ricardo Quaresma, qui inscrit le but de la victoire. En quarts, vous éliminez la Pologne aux penaltys, et voilà le Portugal qualifié pour le dernier carré ! Tout le monde sait qu'on peut compter sur toi dans les grands rendez-vous. Tu t'élèves dans les airs pour marquer le premier but contre le Pays de Galles, puis tu offres une passe décisive à Nani pour le second. 2-0, le Portugal est en finale de l'Euro 2016 !

Ce ne sera pas facile, car vous affronterez l'hôte du tournoi, la France. Non seulement ils ont le public derrière eux, mais ils ont aussi plein de superstars comme Antoine Griezmann et Paul Pogba. Heureusement, le Portugal peut compter sur le meilleur joueur d'Europe, c'est-à-dire toi ! Si tu as un éclair de génie, tu pourras peut-être faire la différence…

Malheureusement, après vingt-cinq minutes de jeu, ton match est terminé. Tu te blesses à la suite d'un tacle de Dimitri Payet et malgré ta volonté de fer, tu ne peux pas continuer. Quel désastre pour toi et pour le Portugal ! Les larmes aux yeux, tu passes le brassard de capitaine à Nani et tu sors du terrain en boitillant. Jusqu'à la fin de la partie, tu soutiendras ton équipe depuis le banc de touche. Ils se défendent bien, et après quatre-vingt-dix minutes, le score est toujours vierge. Enfin, à la mi-temps de la prolongation, Éder entre et, d'une frappe lointaine, marque le but de la victoire ! Tu bondis sur le côté du terrain en dépit de ta blessure. Tu as réussi, le Portugal est champion d'Europe 2016 ! En soulevant le trophée au-dessus de ta tête, tu as conscience de vivre un moment unique dans ta carrière, dont tu te souviendras probablement toute ta vie.

Et ce n'est pas terminé ! Tu remportes deux autres Ballons d'or, portant ton total à cinq, ce qui te place à égalité avec Lionel Messi, ainsi que deux nouvelles Ligues des champions, soit cinq en tout. Avec une superstar comme toi à la pointe de l'attaque, le Real Madrid est invincible. Vous avez gagné trois finales européennes d'affilée !

Mais après la dernière contre Liverpool, tu commences à penser à ton avenir. Cette fois, tu décides de quitter le Real Madrid après neuf années incroyables et 450 buts. Tu as maintenant 33 ans, ce qui signifie que tu as le temps de relever un ultime défi, mais où iras-tu ?

**LE MOMENT EST VENU DE PRENDRE UNE DÉCISION.**

**Est-ce que… :**

A) … tu t'installes en Italie pour tenter de remporter une dernière Ligue des champions ? Tu as encore le niveau pour jouer au sommet et surtout, tu as toujours faim de victoire. La Juventus est un club prestigieux et elle a besoin d'une superstar telle que toi pour gagner la plus grande des compétitions européennes.

**Ou** :

B) … tu pars en Amérique vivre une nouvelle aventure footballistique ? L'équipe de David Beckham, l'Inter Miami, vient de rejoindre la MLS[1] et ils aimeraient que tu deviennes leur superstar.

**Si tu choisis la réponse A, rends-toi à la page 175.**
**Si tu préfères la réponse B, va à la page 178.**

1. Major League Soccer.

117 millions d'euros, c'est une sacrée somme ! Surtout pour un trentenaire, mais la Juventus sait que tu en vaux la peine. La Vieille Dame[1] dispose d'une défense de fer et maintenant que tu es en attaque, le club a tout ce qu'il faut pour se hisser au sommet de l'Europe.

Tu trouves tout de suite ta place et tu revêts ton maillot préféré, le numéro 7. Tu marques but après but en Serie A, permettant à la Juve de conquérir son huitième titre de champion d'Italie consécutif. Félicitations ! Mais ce n'est pas pour cela que l'on t'a recruté. Les Bianco-

1. Surnom donné au club de la Juventus.

neri[1] n'ont plus gagné la Ligue des champions depuis 1996 !

Vous passez facilement la phase de groupe et en huitièmes, vous retrouvez l'Atlético de Madrid. Les Colchoneros[2] remportent le match aller 2-0, ce qui laisse une grosse responsabilité sur tes épaules au retour. Mais tu ne paniques pas ; au contraire, tu réalises l'une de tes meilleures performances en Ligue des champions.

Une tête en première mi-temps. 1-0 !

Puis une autre en début de seconde période. 2-0 !

Et un finish d'enfer sur penalty. 3-0 !

Félicitations pour ton triplé qui permet à ton équipe d'atteindre les quarts de finale ! C'est pour ce genre de prestation de superstar que la Juventus a misé autant d'argent sur toi. Personne n'est aussi bon que toi dans les grands rendez-vous.

---

1. « Blanc et noir », en italien : surnom donné aux joueurs de la Juventus.

2. « Les matelassiers », en espagnol : surnom donné aux joueurs de l'Atlético de Madrid.

Malheureusement, vous ne parvenez pas à renouveler l'exploit au tour suivant face à l'Ajax. La Juventus obtient le nul 1-1 à l'aller, sur une nouvelle tête de ta part. Tu fais encore monter le score au match retour, mais tu ne peux pas gagner la partie à toi tout seul. Pour une fois, votre solide défense plie contre les jeunes néerlandais qui l'emportent 3-2. Au coup de sifflet final, tu t'engouffres dans le tunnel sans te retourner. Ta frustration est immense.

Tu devras attendre pour remporter ta sixième Ligue des champions. Tu as signé un contrat de quatre ans avec la Juventus, tu as donc encore le temps. Après tout, tu es Cristiano Ronaldo, cinq fois lauréat du Ballon d'or et l'un des meilleurs footballeurs de tous les temps ! Tant que tu n'auras pas atteint ton but ultime, tu continueras à faire ce que tu as toujours fait : marquer des buts et sauver ton équipe dans les moments où elle a le plus besoin de toi.

**FIN**

Beckham est ravi que tu acceptes de signer à Miami.

– Tu vas devenir le plus grand buteur que les États-Unis aient jamais connu, déclare-t-il.

Il y a juste un problème : l'Inter Miami ne peut pas rejoindre la MLS avant janvier 2020. Cela signifie que tu devras attendre dix-huit mois ! D'ici là, tu es prêté au PSG. Avec Kylian Mbappé et Neymar, vous formez la ligne d'attaque la plus excitante jamais vue ! Vous passez facilement la phase de groupe en Ligue des champions et vous battez ensuite ton ancien club, Manchester United, en huitièmes. En quarts, tu retrouveras ton rival de toujours, Lionel Messi.

Tu n'es pas le seul à être motivé. Les joueurs du PSG

ont soif de revanche après leur défaite 6-1 contre Barcelone en 2017. Grâce à une belle performance collective, vous remportez le match aller 2-0, à domicile. Kylian et Neymar marquent et chaque fois, tu es à l'origine de l'action. Au retour en Espagne, Messi ouvre le score dès les premières minutes, mais tu t'élèves au second poteau pour offrir au PSG un but crucial à l'extérieur.

– Allez les gars, on lâche rien ! lances-tu à tes coéquipiers.

À 34 ans, tu as toujours soif de victoire. Malheureusement, ta dernière épopée européenne se termine en demi-finale contre Liverpool. L'équipe de Jürgen Klopp est tout simplement trop forte, trop rapide et trop bien organisée.

Peu importe, une nouvelle aventure t'attend en MLS. Tu es impatient de devenir une superstar outre-Atlantique, comme tu l'as été dans tous les autres pays où tu es passé. Pour ton premier rendez-vous avec l'Inter Miami, tu rencontres le Los Angeles FC, l'une des meilleures équipes du championnat. Leur joueur vedette, l'attaquant mexicain Carlos Vela, inscrit le premier but, mais tu ne tardes pas à riposter. C'est ton premier match et tu ne veux pas décevoir les supporters. Tu égalises d'une tête puissante avant la mi-temps, puis tu ajoutes deux buts en seconde période. Quels débuts en fanfare ! C'est ton premier jour en MLS, et tu as déjà réussi un triplé !

**FIN**

# PALMARÈS DE CRISTIANO RONALDO

## Manchester United

- Premier League : 2007, 2008, 2009
- FA Cup : 2004
- Coupe de la Ligue : 2006, 2009
- Community Shield : 2007
- Ligue des champions : 2009
- Mondial des clubs : 2008

## Real Madrid

- Liga : 2012, 2017
- Coupe du Roi : 2011, 2014
- Supercoupe d'Espagne : 2012, 2017
- Ligue des champions : 2014, 2016, 2017, 2018
- Supercoupe d'Europe : 2014, 2017
- Mondial des clubs : 2014, 2016, 2017

## Juventus de Turin

- Champion d'Italie : 2019, 2020
- Supercoupe d'Italie : 2019

## Portugal

- Championnat d'Europe : 2016
- Ligue des nations : 2019

## Récompenses individuelles

- Ballon d'or : 2008, 2013, 2014, 2016, 2017
- Soulier d'or européen : 2008, 2011, 2014, 2015
- Meilleur buteur de la C1 : 2008, 2013, 2014, 2015, 2016, 2017, 2018
- Meilleur buteur du championnat d'Angleterre : 2008
- Meilleur buteur du championnat d'Espagne : 2011, 2014, 2015

# RONALDO

7

**Nom :** Cristiano Ronaldo

**Date de naissance :** 5 février 1985

**Âge :** 36 ans

**Lieu de naissance :** Funchal, Madère

**Nationalité :** portugaise

**Meilleur ami :** Nani

**Club actuel :** Juventus

**Position :** ailier gauche

| | |
|---|---|
| Taille (cm) : | **187** |
| Apparitions en club : | **869** |
| Buts en club : | **657** |
| Trophées en club : | **27** |
| Apparitions internationales : | **170** |
| Buts internationaux : | **102** |
| Trophées internationaux : | **2** |
| Ballons d'or : | **5** |

★ ★ ★ **Score de superstar : 94** ★ ★ ★

# LES GRANDS MOMENTS

***Tu veux revivre les plus grands moments de la carrière de Cristiano Ronaldo, revoir ses plus belles actions ? Cherche sur Internet des extraits des matchs ci-dessous : tu vas en prendre plein les yeux !***

## 6 AOÛT 2003
## SPORTING LISBONNE 3-1 MANCHESTER UNITED

C'est ce jour-là que Cristiano devient une étoile montante du football. L'arrière droit John O'Shea se souviendra toute sa vie de ce match amical où un jeune ailier du Sporting l'a ridiculisé par sa vitesse et son talent. Cristiano est la star du jour et c'est à la suite de cette rencontre que Sir Alex Ferguson décide de le faire signer à Manchester United.

## 21 MAI 2008
## MANCHESTER UNITED 1-1 CHELSEA
## (6-5 AUX TIRS AU BUT)

Cristiano a d'ores et déjà remporté la Premier League, mais il court désespérément après la Ligue des champions. Durant ce match, il inscrit un superbe but de la tête pour donner l'avantage à United et malgré son échec lors de la séance de penaltys, son équipe réussit le doublé.

## 16 AVRIL 2009
## PORTO 0-1 MANCHESTER

Cristiano a inscrit de nombreux buts, mais cette frappe en demi-finale de la Ligue des champions reste l'une des plus belles. La balle est partie des quarante mètres jusque dans la lucarne à la vitesse de l'éclair. Grâce à ce coup de génie, les joueurs de Manchester accèdent de nouveau à la finale.

## 24 MAI 2014
## REAL MADRID 4-1 ATLÉTICO

Les supporters attendaient depuis onze ans leur dixième Ligue des champions : la *Décima*. L'équipe se hisse jusqu'à la finale de l'édition 2014 grâce aux buts de Cristiano, et son but sur penalty dans les prolongations leur assure la victoire. Pour fêter cela, il enlève son maillot et rugit comme l'Incroyable Hulk.

## 10 JUILLET 2016
## PORTUGAL 1-0 FRANCE

Après avoir mené son équipe jusqu'à la finale de l'Euro 2016, Cristiano se blesse dès les premières minutes de jeu. Il est dévasté à l'idée de manquer le match le plus important de sa carrière mais depuis le banc, il encourage ses coéquipiers et leur donne des conseils. Au coup de sifflet final, il connaît enfin le bonheur de remporter un trophée pour son pays !

# JOUE COMME TON HÉROS

## CÉLÈBRE TES BUTS
## À LA MANIÈRE DE CRISTIANO

Tu veux un exemple ? Rends-toi sur YouTube et tape les mots-clés « Ronaldo » et « retourné acrobatique » : tu devrais trouver plusieurs vidéos inspirantes !

**1 :** Marque un but incroyable !

**2 :** Cours vers tes fans avec le sourire en hochant la tête et en pointant le doigt vers ta poitrine.

**3 :** En arrivant au poteau de corner, saute en levant les bras en l'air.

**4 :** Au pic de ton saut, retourne-toi de manière à montrer aux supporters le dos de ton maillot, et donc ton nom et ton numéro.

**5 :** Au moment d'atterrir, garde les jambes écartées et abaisse brutalement tes bras jusqu'à ce qu'ils soient légèrement en arrière de ton corps.

**6 :** Crie de toutes tes forces en formant un grand « O » avec ta bouche.

**7 :** Tiens la pose le temps que tes partenaires te rejoignent pour te féliciter.

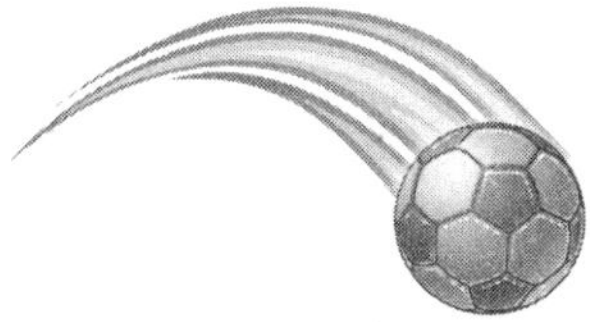

# ÉVALUE TES CONNAISSANCES

1. Pourquoi Dolores et Dinis ont-ils choisi le prénom Ronaldo pour leur quatrième enfant ?

2. Quel âge avait Cristiano quand il a quitté Madère ? Et où est-il allé ?

3. Qui était le plus grand rival de Cristiano dans l'équipe jeune du Sporting ?

4. Quel âge avait Cristiano lors de ses débuts avec l'équipe première du Sporting Lisbonne ? Et quel était le numéro de son maillot ?

5. En recrutant Cristiano, quel joueur Sir Alex Ferguson cherchait-il à remplacer dans l'équipe de Manchester United ?

**6.** Avec lequel de ses coéquipiers de Manchester United, Cristiano s'est-il accroché lors de la Coupe du monde 2006, et pourquoi ?

**7.** Quel est le nom de l'entraîneur adjoint de Manchester United qui a aidé Cristiano à devenir un meilleur buteur ?

**8.** Combien le Real Madrid a-t-il dû débourser pour recruter Cristiano en 2009 ?

**9.** Quel numéro portait Cristiano lors de ses débuts au Real et pourquoi ?

**10.** Combien de finales de Ligue des champions Cristiano a-t-il disputées et combien de buts a-t-il marqués ?

**11.** À combien de compétitions internationales Cristiano a-t-il participé sous le maillot du Portugal ?

## Réponses ci-dessous... Ne triche pas !

*1. Dolores aimait l'acteur et président des États-Unis, Ronald Reagan. 2. Il avait 12 ans et il est allé à Lisbonne. 3. Ricardo Quaresma. 4. Il avait 17 ans et il portait le numéro 28. 5. David Beckham. 6. Wayne Rooney, parce que Cristiano l'a fait expulser du terrain pendant le quart de finale entre l'Angleterre et le Portugal. 7. René Meulensteen.*

*__8.__ 94 millions d'euros. __9.__ Le numéro 9, parce que la légende du club, Raúl, portait déjà le numéro 7. __10.__ Il a participé à cinq finales (2008, 2009, 2014, 2016, 2017) et il a marqué quatre buts, plus un penalty lors de la séance des tirs au but en 2016. __11.__ Huit (l'Euro 2004, la Coupe du monde 2006, l'Euro 2008, la Coupe du monde 2010, l'Euro 2012, la Coupe du monde 2014, l'Euro 2016 et la Coupe du monde 2018).*

*Composition : Nord Compo*
*Impression : Black Print en mai 2021*
*Éditions Albin Michel*
*22, rue Huyguens, 75014 Paris*
*www.albin-michel.fr*
*ISBN : 978-2-226-46138-4*
*N° d'édition : 24473/01*
*Dépôt légal : juin 2021*
*Loi n° 49-956 du 16 juillet 1949*
*sur les publications destinées à la jeunesse.*
*Imprimé en Espagne*